COLLECTION FOLIO

Franz-Olivier Giesbert

Dieu, ma mère et moi

Gallimard

Franz-Olivier Giesbert est né en 1949, à Wilmington, dans le Delaware, aux États-Unis, d'un père américain et d'une mère française. Il arrive en France à l'âge de trois ans. Après avoir collaboré à la page littéraire de *Paris-Normandie*, il entre au *Nouvel Observateur* en 1971.

Successivement journaliste politique, grand reporter, correspondant à Washington, chef du service politique, il devient directeur de la rédaction de l'hebdomadaire à partir de 1985. En 1988, il est nommé directeur de la rédaction du *Figaro*. Depuis 2000, il est directeur du *Point*.

Il a publié plusieurs romans dont *L'affreux* (Grand Prix du roman de l'Académie française 1992), *La souille* (prix Interallié 1995), *Le sieur Dieu*, *L'immortel*, *Le huitième prophète*, *Le lessiveur*, *Un très grand amour* et des biographies : *François Mitterrand ou La tentation de l'Histoire* (prix Aujourd'hui 1977), *Jacques Chirac* (1987), *Le Président* (1990), *François Mitterrand, une vie* (1996) et *La tragédie du Président* (2006).

À ma mère (1920-1989)
à mes enfants
à tous ceux qui n'ont pas la foi

Le plus grand danger du monde
est de perdre le goût de Dieu.

JULIEN GREEN

AVANT-PROPOS

Je sais que je vais déranger en me mêlant de ce qui ne me regarde pas. De philosophie et de théologie, par exemple. Pardonnez-moi. Je ne suis qu'un amateur. Je ne devrais pas avoir le droit à la parole que je me suis arrogé par inconscience, sans doute parce que j'exerce depuis longtemps un métier de mystificateur patenté, le journalisme, qui consiste à expliquer aux autres ce qu'on ne comprend pas soi-même.

Tant pis si on me cherche des poux : j'ai eu envie de reprendre une conversation avec ma mère dont la mort, il y a longtemps déjà, a brisé le fil. Elle était catholique, professeur et philosophe tendance cartésienne. Elle m'a donné la foi en même temps que la vie, mais elle n'aimait pas ma façon d'y mêler du spinozisme, du taoïsme, du soufisme et bien d'autres choses, pour en faire ma petite religion à moi. Un syncrétisme, diraient avec dégoût les cardinaux. « Une soupe indigeste », plaisantait maman.

Je me reconnais tout à fait dans la définition

des créatures de la terre par saint Jean de la Croix : « Des miettes tombées de la table de Dieu. » C'est sans doute pourquoi le rebut que je suis est continuellement travaillé par la nostalgie d'un monde perdu après sa chute au milieu des balayures. Je suis mêmement rongé par le deuil des miens et le gâchis des innombrables vies qu'il ne m'aura pas été donné de vivre. Je garde pourtant le sourire. Croire me donne la joie. Je n'ose me demander ce que je serais sans ça.

Je suis chrétien et heureux de l'être. Un « ravi », comme on dit en Provence. Ravi de la vie, de la nature et de la crèche. C'est la foi qui est venue à moi et qui m'a pris, je ne l'ai pas choisie. Mais je la transforme tout le temps. Au fil des ans, des lectures, des voyages et des rencontres, elle a grossi de toutes sortes de doctrines philosophiques et de croyances religieuses. Je suis un nouveau croyant, je fais mon marché partout, jusque dans les hérésies. Mais la baudruche ne crève toujours pas : elle me semble même forte comme la mort.

C'est cette histoire que j'ai voulu raconter, une petite histoire philosophique à trois personnages : Dieu, ma mère et moi.

1

Je n'ai jamais eu à chercher Dieu : je vis avec lui. Avant même que je sois extrait par des spatules du ventre de ma mère où je serais bien resté, si on m'avait demandé mon avis, il était en moi comme je suis en lui. Il m'accompagne tout le temps. Même quand je dors.

C'est ma mère qui m'a inoculé Dieu. Une caricature de sainte mystique qu'un rien exaltait, des pivoines en fleur aussi bien qu'une crotte de son dernier-né, au fond du pot. Je suis sûr qu'elle avait de l'eau bénite en guise de liquide amniotique. Elle exsudait la foi.

Quand maman a accouché de moi, j'étais déjà, je le sais, rempli d'un plein bon Dieu de joie qui, depuis, ne m'a plus quitté. La joie du croyant. Il paraît que j'ai ri et gazouillé très tôt, alors que j'ai tardé à marcher ou à parler. Je ne fus finalement précoce en rien, sauf en Dieu. Je suis né avec la foi, une foi increvable qui a inscrit sur mon visage, entre deux crises de mélancolie, cet air de niaiserie ébahie, que l'on retrouve dans les monastères où la vie semble un sourire inaltérable.

Aussi loin que je me souvienne, je n'ai jamais douté. Même les soirs où mon père battait ma mère qui poussait de petits cris étouffés pour ne pas réveiller ses enfants. Même quand les hivers n'en finissaient pas, dans notre ferme normande, et que nous vivions, des mois durant, dans une mer de boue, sous la brouillasse, rongés par la froidure jusque dans la moelle des os.

Enfant, j'allais souvent à l'église, non pour prier Dieu ou pour implorer sa consolation, mais plutôt pour lui dire ce que je pensais de son comportement, et le couvrir de reproches, parfois d'insultes. Il m'a fallu du temps pour m'habituer à l'idée que la vie même est un scandale. Que l'injustice lui est consubstantielle. Que, pour assurer son existence, notre espèce ne cesse de tuer, de détruire, d'engloutir avant de conchier dans les latrines la mort qu'elle a semée partout. Que l'univers, si beau soit-il, est condamné à disparaître et que notre soleil n'en a plus que pour quatre milliards et demi d'années.

Un jour que je m'étais ouvert de mon désarroi à ma mère, elle m'avait répondu :

« Si Dieu n'existait pas, ce serait encore pire.

— Non, ce serait plus clair. On saurait à quoi s'en tenir.

— Sans Dieu, plus rien n'a de sens. L'expérience t'apprendra que les incroyants se pourrissent la vie. Je les plains.

— Maman, tu es en train de me dire qu'il suffit de croire en Dieu pour être heureux ?

— Ce n'est pas si simple. Mais Dieu, la Bible et le reste, c'est une belle histoire. Elle t'élève, elle te transporte, elle te fait du bien. Elle nous fait oublier que nous ne sommes rien. »

Convaincue qu'il n'y avait pas d'autre choix que de croire, ma mère était à peu près aussi animale et déjantée que moi, du genre à suivre ses instincts pour les conceptualiser ensuite, ce que, pour ma part, je n'ai jamais été capable de faire, me contentant seulement de me laisser porter par mes pulsions, sans chercher à les analyser.

Bien que, comme dans mon cas, rien n'ébranlât jamais sa foi, il fallait qu'elle trouve des preuves de l'existence de Dieu. Ma mère prétendait qu'elle était devenue catholique par raisonnement mais je n'en croyais pas un mot. C'était plutôt un gène qu'on se repassait d'une génération à l'autre. Le gène du christianisme. Mais quand, un jour, de retour du catéchisme, je lui fis part de mon incrédulité devant l'histoire sainte, elle balaya mes interrogations d'un revers de la main, avec des arguments d'une mauvaise foi absolue :

« Qu'est-ce que ça change que tu ne croies pas que le Christ ressuscite avant de monter au ciel ?

— Mais maman, il n'y a pas que le Christ qui monte au ciel. Il y a aussi la Vierge. On se croirait dans le journal de Mickey. C'est ridicule !

— Non, mon chéri, c'est magnifique !

— Tous ces miracles du Christ, la pêche miraculeuse, la multiplication des pains, la résurrection de Lazare, franchement, ça ne tient pas debout.

— Ce n'est pas le problème. Il n'est pas nécessaire qu'une histoire soit vraie pour qu'on y croie. »

Je me souviens précisément de ces mots. Mais il est vrai que, plus de vingt ans après sa mort, je me souviens de ma mère avec exactitude. De son visage d'exaltée, de son regard transperçant et de son débit, tellement rapide qu'on avait toujours du mal à la suivre. Elle ne m'a jamais quitté et, comme tous les enfants du monde, je sais qu'elle sera là, près de moi, pour une fois ponctuelle, à l'instant de mon dernier soupir, quand le souffle de Dieu me dispersera comme de la cendre.

Je m'en veux de ne pas me souvenir de tout ce qu'elle a pu me dire. Le temps a creusé des trous béants dans ma mémoire. S'il ne m'a pas pris ma mère, toujours vivante en moi, il m'en a volé des morceaux : je ne m'en remets pas, je ne m'en remettrai jamais.

À près de cent ans, Julien Green parlait de sa mère, dont il a donné un portrait magnifique dans son chef-d'œuvre *Jeunes années*, comme s'il l'avait encore vue la veille. Il l'appelait maman et citait, avec une rigueur effrayante, des mots d'elle quand il avait quatre ou cinq ans.

« Que fais-tu ? disait-elle.

— Rien, répondait Julien.

— Ne le fais plus. »

Moi aussi, j'ai beaucoup de phrases de ma mère gravées sur les stèles de ma boîte crânienne, mais il y en a aussi plein qui me manquent et que je vais maintenant tenter d'arracher à la terre où elles croupissent depuis si longtemps.

À l'époque de cette conversation avec ma mère, j'avais onze ans et je revenais du presbytère de Saint-Aubin-lès-Elbeuf, en Normandie, où, avant ma communion solennelle, l'abbé M. m'enseignait les Évangiles. Un homme qui fleurait la bonté et la douceur par tous les pores de sa peau, tendue comme un arc, face à la montée des graisses qui, au-dedans de lui, menaçait de tout faire sauter.

Il exploserait un jour, c'était écrit. Les mimiques de son visage et ses borborygmes de bébé qui pousse — en fait, il repoussait sa propre graisse, de plus en plus oppressante —, tout cela montrait qu'il était arrivé au bout de l'inéluctable accroissement de lui-même, provoqué par son insatiable appétit. La cause était entendue, il avait choisi le suicide aux confiseries et aux plats canailles. Il souffrait déjà de saignements de nez, la congestion suivrait, jusqu'à la déflagration finale.

Il ne m'inspirait que de l'affection et de la compassion, mais je n'aimais pas qu'il me prenne pour un imbécile. Il me racontait la Bible sur le même ton que ma grand-mère quand, dans mes petites années, elle me lisait le soir, avant que le sommeil m'emporte, les contes de Charles Perrault. Il ne manquait plus que les fées, les ogres et les loups. Il me semblait que l'abbé M. ne croyait pas lui-même à son histoire. Quand je sortais du catéchisme, j'étais souvent scandalisé.

« Maman, je n'ai plus l'âge de croire au Père Noël, lui dis-je, le jour de la grande explication. Pendant ses cours, je me retiens pour ne pas éclater de rire.

— Je te le répète, tu n'es pas obligé d'accepter tout ça pour croire en Dieu. »

Elle me regarda droit dans les yeux :

« Tu crois toujours en Dieu, n'est-ce pas ?

— Oui, maman.

— Alors, laisse dire. Il ne faut pas en vouloir à l'Église. Dieu, c'est quelque chose qui nous dépasse. L'Église a essayé de le mettre dans un cadre où il n'entre pas. Dès qu'on essaie d'être précis et de le réduire à des mots, on devient risible et pathétique. Sur ce plan, il n'y a pas une religion pour racheter l'autre.

— Tu veux dire qu'elles sont toutes bêtes ?

— Non. Elles font ce qu'elles peuvent. Mais nous ne sommes pas à la hauteur, tu comprends. Nous ne sommes que des humains et quand, comme moi, on a vécu une guerre, il y a au moins une chose dont on est sûr : certains d'entre nous sont pires que des animaux. Regarde ce qui est arrivé à Jésus quand il a essayé de nous élever. Il faut être chrétien, rien que pour le Christ. Il le mérite. »

J'étais déjà croyant. Ce jour-là, je suis devenu définitivement chrétien. C'est un gros mot, je le sais. J'entends déjà les gloussements des grosses poules du nihilisme contemporain. Des gouapes du poulailler. Des petites frappes de la modernité. Elles ont décidé que tout valait mieux que la religion. Les idéologies, fussent-elles mortifères. Le culte de l'argent-roi ou de l'homme-Dieu. Elles ne supportent pas la vue de croyants en train de prier à genoux parce qu'elles ne peuvent imaginer qu'ils s'élèvent en s'abaissant. Il semble même que ce spectacle les effraie. Il faut leur pardonner. Elles sont comme des canards sans tête. Elles ont perdu leur âme mais je crois trop à la force de la foi pour douter qu'un jour, dans le néant de leur monde, elles ne finissent par retrouver cette âme par terre, dans un coin, au milieu des rognures.

2

À cet âge, je faisais souvent des crisettes mystiques. J'allais me réfugier dans le creux d'une haie de la ferme de mes parents et laissais les éléments m'envahir peu à peu. Je passais mon temps à me métamorphoser. Un coup, une fleur d'églantier. Un autre, la mésange sur la branche, le vent qui trouait les fourrés ou l'herbe engorgée d'humidité qui gazouillait de plaisir après la pluie. Parfois aussi, en faisant courir ma langue sur mes lèvres, je devenais le baiser que je comptais donner sous peu à la petite fille dont j'étais éperdument amoureux.

J'emportais toujours un livre avec moi et c'était souvent la Bible qui me mettait au comble du ravissement quand elle ne me saisissait pas d'effroi. Chaque fois que je sortais de l'Ecclésiaste, des Psaumes ou des Évangiles, je me sentais en danger. Moïse, par exemple, ne m'inspirait pas du tout. L'Ancien Testament le décrit comme un « homme très doux, beaucoup plus que tout autre homme sur la terre ». Qu'est-ce que ça aurait été s'il n'avait pas été si doux? Je sais bien que, tel Mahomet, il se contentait surtout de transmettre les instructions divines qu'il tenait de la bouche même du cheval. Mais elles étaient sans pitié : « Si un homme commet l'adultère avec la femme de son prochain, tous deux, l'homme et la femme adultère, seront punis de mort. »

J'étais notamment troublé par l'épisode de la guerre contre les Madianites, rapporté dans le livre des Nombres. Victorieux, les onze mille soldats d'Ismaël n'avaient pas fait de quartier. Tous les ennemis avaient été tués; toutes les villes, détruites. Après quoi, ils retournèrent au pays avec les femmes, les enfants, le bétail et tout ce qu'ils avaient pu piller. Colère de Moïse : « Comment! Vous avez laissé en vie toutes les femmes! » Et le prophète ordonna aux chefs de son armée : « Maintenant donc tuez tout mâle parmi les petits enfants, tuez aussi toute femme qui a connu la couche d'un homme, mais toutes les jeunes filles qui n'ont pas connu la couche d'un homme, laissez-les en vie pour vous. » Commandement fort peu chrétien et qui, pour une fois, n'avait même pas été dicté par le terrible Yahvé. Moïse faisait du zèle.

Maman était assez remontée contre Moïse. Avec sa manie de faire toujours trois ou quatre choses à la fois, j'imagine qu'ayant interrompu un moment le sarclage d'un plant de fraisiers elle corrigeait des copies d'élèves d'une main et remplissait son bol de café de l'autre, quand elle me dit : « Ne nous racontons pas d'histoires. Moïse, c'est Gengis Khan. Mais il fallait peut-être un psychorigide de cette trempe pour sauver Israël. Mahomet, c'est un chef de guerre de la même espèce, du moins si on en croit le Coran. Mieux vaut ne pas trop lire leur littérature. Sinon, on risque de perdre la foi. »

Il faut se méfier des textes sacrés ou des manuels religieux. Ils ne restituent jamais la substantifique moelle de la religion qu'ils ont pour objet de célébrer. Ils galèjent, ils caricaturent. Parfois même ils défigurent. C'est vrai de la Bible comme du Coran ou du Tao-té-king, avec des pages qui, selon le cas, exsudent la haine ou la bêtise. Comme disait Julien Green, « la pensée vole et les mots vont à pied ».

J'ai toujours eu du mal à croire que la foi pouvait s'apprendre dans les textes, fussent-ils sublimes. Il y a pourtant des livres qui créent des vocations. Par exemple, *Les confessions* de saint Augustin, qui parle à ceux qui sont en quête de Dieu. Les guetteurs de sens, les affolés de l'absolu, les impatients de la conversion.

Je me souviens du choc que je reçus quand, adolescent, j'ai lu *Les confessions* pour la première fois. Il y a dans ce livre quelque chose qui nous transporte. Impossible de résister au charme et à la langue de cet homme qui se trouvait au carrefour de toutes les cultures de son temps, l'antique, la païenne, la numide et la chrétienne. Né aux confins de la Tunisie et de l'Algérie, dans la feue Numidie, saint Augustin (354-430 de notre ère), enfant de Platon et de Sénèque, a découvert sa raison d'être dans la Bible et dans la grâce de Dieu.

Cosmique, fiévreux et désarmant de sincérité, Augustin le Berbère raconte comme il s'est vidé de l'« orgueil monstrueux » qui le séparait de Dieu pour se rapprocher peu à peu de lui, jusqu'au jour où il entendit une voix, la voix qui changea sa vie. C'était dans un petit jardin, à Milan. Il n'en pouvait plus : depuis des mois, il était écartelé entre l'éternité qui l'attirait vers le haut et les voluptés de la fruition qui le retenaient en bas. En proie à un grand tumulte intérieur, il se frappa le front, puis éclata en sanglots avant de s'allonger sous un figuier d'où il entendit un garçon ou une jeune fille, on ne sait, répéter : « Prends et lis ! » Il se leva, ouvrit l'Évangile et tomba sur cet extrait : « Ne vivez pas dans la ripaille et l'ivrognerie, ni dans les plaisirs impudiques du lit, ni dans les querelles et les jalousies ; mais revêtez-vous du Seigneur Jésus-Christ et ne pourvoyez pas à la concupiscence de la chair. »

Le futur saint se trouva délivré d'un coup « des soucis mordants de l'ambition, du gain, des ordures où l'on se roule, du prurit des passions ». Pour en finir avec la lubricité, Origène, l'un des Pères de l'Église, fondateur de l'exégèse biblique, avait décidé de suivre à la lettre l'Évangile selon saint Matthieu : « Il y a des eunuques qui se sont faits eux-mêmes eunuques pour le royaume des cieux. » Autrement dit, il se serait castré. Ce qui explique sans doute pourquoi il ne fut pas canonisé. À ce traitement de choc, Augustin préféra la conversion, infiniment moins douloureuse.

À ses yeux, Dieu ne se partage pas. Ni avec une cause ni avec quelqu'un, encore moins avec une femme aimante. Il ne s'agit pas de contrôler ses instincts mais de les tuer, comme l'a fait Origène, à sa façon, pour mieux fusionner avec le Tout-Puissant : rien ne doit jamais s'interposer entre eux. Sa conversion est, d'une certaine façon, une castration.

Il y a dans *Les confessions* une force qui emporte le lecteur très loin et très haut, comme si le Berbère d'Algérie avait écrit ce livre face à Dieu lui-même. On ne peut qu'être ému et fasciné par ce pauvre hère larmoyant, coupé en deux, qui traîne son âme et son ramas de chairs pantelantes, jusqu'au jour où, enfin, il se réconcilie avec lui-même en se consacrant au Seigneur et en s'immolant dans l'amour qu'il lui porte.

3

Dans l'esprit de saint Augustin, l'amour est un et indivisible : dès lors qu'il n'est pas tourné vers Dieu, il faut le bannir. Comme si tout ce qui l'attirait chez les autres ne pouvait que l'éloigner du Seigneur. Telle est sa philosophie : Dieu ou rien.

Augustin raconte, horrifié, comment, dans son enfance, des « vapeurs s'exhalaient de la boueuse concupiscence » de sa « chair » avant d'emporter sa jeunesse dans un « abîme de vices » et les « vapeurs infernales de la débauche ». À partir de là, il eut toujours des haut-le-cœur en voyant bouillir « à gros bouillons la chaudière des amours honteuses ». Les siennes en particulier. « Quelles saletés ! s'indigne-t-il. Quelles hontes, ces suggestions » des femmes qui, jusqu'au dernier moment, tentent de l'écarter de la bonne voie !

Son grand malheur est sans doute d'être arrivé au christianisme par saint Paul. Du stratège génial, moitié prophète, moitié chef de guerre, qui a inventé l'Église, Augustin a hérité d'une haine de la fornication et du désir qui prête à sourire. Notamment quand il supplie Dieu de le protéger contre lui-même et de ses tentations masturbatoires, afin que son âme échappe « à la glu de la concupiscence » et que, y compris pendant le sommeil, « non seulement elle ne consomme pas, sous l'influence d'images bestiales, des turpitudes dégradantes jusqu'à l'émission charnelle, mais qu'elle n'y consente même pas ».

Je me souviens que j'avais dans les quinze ans quand j'ai lu ces lignes : elles déclenchèrent mon hilarité. À l'époque, je pratiquais l'onanisme de manière obsessionnelle, j'allais dire professionnelle. Je passais de grands moments à me donner du plaisir et les moindres n'avaient pas lieu quand je me trouvais à même le sol, sur le carrelage glacé des toilettes, dans les prés ou au milieu d'un chemin, à la nuit tombée, et que je ressentais les morsures de la froidure, des cailloux ou des insectes en même temps que les vibrations de la volupté.

Quand je me consacrais à ma besogne, j'ai souvent senti que les morts de ma famille me regardaient du haut de leur ciel ; mais Dieu, jamais. Je n'avais pas le sentiment de déchoir ni de fauter.

Ma mère m'avait appris qu'il n'y a pas de mal à faire l'amour et elle en parlait comme d'une activité aussi naturelle que boire ou manger. Quand elle évoquait sa propre sexualité, ce qui arrivait parfois, c'était sans ambages, avec une sorte d'ingénuité provocante.

Elle citait souvent Georges Bataille, grand prêtre de l'extrême, que ses ennemis accusaient de penser entre ses jambes : « L'érotisme est l'approbation de la vie jusque dans la mort. » Elle bénissait, sans toutefois l'évoquer vraiment, à demi-mot, mon onanisme compulsif : « Il ne faut pas avoir peur de se faire du bien. »

Des années plus tard, quand je rencontrai Julien Green, je découvris un être aussi transparent que ma mère sur les choses de l'amour. Mais, contrairement à elle, il pensait que la sexualité était la croix que Dieu nous avait condamnés à porter. Une forme de damnation.

Julien Green aimait citer la foudroyante réponse d'une prostituée brésilienne à l'archevêque de Recife qui la confessait. Après qu'elle eut tiré la pelote de ses péchés, il observa qu'elle avait oublié de lui parler de ses turpitudes sexuelles. Alors, la fille publique : « Ce ne sont pas mes péchés. C'est ma croix. »

Je ne me lasserai jamais de dire que l'homme est le seul animal de la Création qui a la queue devant et qui court derrière elle. D'où la supériorité de la femme qui, ne serait-ce que par son anatomie, a quelques longueurs d'avance dans l'ordre de l'évolution selon Darwin. Elle en sait plus long sur l'amour.

Mais rien ne sert de refuser notre condition comme le voudrait saint Augustin. La haine du sexe a toujours quelque chose de comique chez un être qui continue à manger, à crotter ou à pisser. Elle ne se conçoit, et encore, que chez les grands ermites, les reclus et les grands mystiques ascétiques, sinon anorexiques, à la saint Antoine ou à la Lao-tseu, qui se contentent, pour déjeuner, d'une graine et d'une goutte d'eau.

C'est ce qui rend saint Augustin pathétique. Contrairement à ce qu'il semble croire, après sa conversion, il n'est pas, et il ne sera jamais, un pur esprit. Pas plus que son maître, saint Paul, dont il loue les « chastes oracles » et qui ne cesse de conspuer, avec dégoût, la « concupiscence » de l'amour des « choses de la chair », jusqu'à nous interdire de manger avec le fornicateur : « Retranchez ce méchant au milieu de vous » (Épître aux Corinthiens). S'il avait été entendu, j'aurais mangé seul toute ma vie.

Ce genre d'interdit me rappelle l'un des livres les plus bêtes de l'histoire de l'humanité, paru en 1760 : *L'onanisme, dissertation sur les maladies produites par la masturbation.* Pendant plus d'un siècle, ce sera la bible des puritains et des peine-à-jouir. L'auteur, le docteur Tissot, caricature de la Suisse calviniste, expose tous les troubles provoqués par cette « odieuse et criminelle habitude » en s'appuyant sur les pères de la médecine, d'Hippocrate à Galien.

Selon le docteur Tissot, sous l'effet de la masturbation, « toutes les facultés intellectuelles s'affaiblissent, la mémoire se perd, les idées s'obscurcissent ». Avec ça, une « légère démence », une « espèce d'inquiétude intérieure, une angoisse continuelle, un reproche de leur conscience, si vif » que les malades « versent des larmes ». Sans parler des douleurs vives à la tête ou à l'estomac, des « pustules suppurantes » sur le visage ou encore des tumeurs aux testicules.

À en croire le docteur Tissot, les femmes elles-mêmes ne sont pas épargnées : « L'humeur qu'elles perdent étant moins précieuse, moins travaillée que le sperme de l'homme, sa perte ne les affaiblit peut-être pas aussi promptement ; mais quand elles vont jusqu'à l'excès, le genre nerveux étant plus faible chez elles, et naturellement plus disposé au spasme, les accidents sont plus violents. »

Pour achever sa démonstration sur les dangers de la fornication féminine, le docteur Tissot cite ce cas dont il fut le témoin : « En 1746, une fille âgée de vingt-trois ans défia dix dragons espagnols, et soutint leurs assauts pendant toute une nuit, dans une maison aux portes de Montpellier. Le matin, on l'apporta en ville mourante ; elle expira le soir. »

Pour un peu, on dirait du saint Augustin. Hélas, sa pruderie n'est pas le seul travers qui retient ma main, au moment d'édifier une statue au génial auteur des *Confessions.*

4

J'ai toujours éprouvé une sorte de gêne devant les manifestations grandiloquentes de la foi. Quand, à la messe, un fidèle dit sa prière à voix haute en se frappant mélodramatiquement le front ou la poitrine. Ou quand, entre les offices, une autre se tord, à genoux, devant l'autel, en exhibant d'invisibles stigmates. Il y a là-dedans au mieux de l'affectation, au pire de la fausseté.

De la même façon, je ne crois pas à l'humilité ostentatoire. Elle est silencieuse ou elle n'est pas. En l'espèce, celle d'Augustin m'est toujours apparue louche. Il en fait trop, il est dans la posture. Tout au long des *Confessions,* il multiplie les courbettes devant le « maître du ciel et de la terre », s'aplatit devant la « plénitude de sa bonté », célèbre la « main de Dieu qui va l'arracher de la boue » et l'en laver ; il se rapetisse avec délectation.

Se méprise-t-il ? Je suis sûr que non. Même si, avant de se convertir, il se décrit sur le mode plaintif comme une « plaie saignante », c'est un mâle dominateur qu'éblouit l'« immense palais » de sa mémoire et de ses connaissances. Il « aime aimer », comme il dit, mais il s'aime pas mal aussi. C'est sans doute pourquoi le Berbère d'Algérie a fait Dieu à son image.

Son livre a quelque chose de divin, tant il est plein de Dieu, mais son Dieu a quelque chose d'augustinien, tant il est humain. Il l'est même tellement qu'on imaginerait son Tout-Puissant écouter les louanges d'Augustin, dans la position du penseur de Rodin, en caressant sa grande barbe blanche, les pieds dans les nuages.

Ce Dieu anthropomorphique, c'est le Dieu de la plupart des chrétiens. Ce n'était pas celui de ma mère qui prétendait : « Personne n'a mieux dit que saint Augustin qu'il fallait chercher Dieu en nous mais une fois qu'il l'a trouvé, il l'a réduit et enfermé dans un tableau. Il en a fait un Dieu de tableau. »

C'est ce « Dieu du tableau » qui a gâché les plus belles religions. Il convoque, il assène, il dit le bien et le mal, il dit même ce qu'il faut manger. Surtout, il est si humain qu'il s'en va-t-en guerre pour un oui ou pour un non.

Comme l'apôtre Paul, Augustin est un guerrier, certes plus pacifique, ce qui n'est pas difficile, mais il a combattu sans relâche les hérétiques de son temps, à commencer par les manichéens, qu'il juge diaboliques et auxquels il a consacré des livres fulminants, comme *Contra Faustum Manichaeum.*

Né en Babylonie plus d'un siècle avant Augustin, en 216 de notre ère, Mani est un prophète autoproclamé, d'inspiration paulinienne : dans son Évangile, il se présente comme le « paraclet annoncé par le Christ ». Il a fondé sa religion à partir de toutes les autres, notamment le christianisme, le zoroastrisme, le bouddhisme, et il se place dans la lignée d'Adam, Seth, Henoch, Bouddha, Zarathoustra, Jésus et Paul.

Il a une explication du monde. Notre tragédie, dit-il, vient de ce que tout est mélangé ici-bas. Le Bien et le Mal, l'Esprit et la Matière, la Lumière et les Ténèbres. C'est ainsi depuis la création du monde, depuis que le Diable, qui se prétend l'égal de Dieu, a pris le dessus sur lui. Mani a des intuitions puissantes dont la moindre n'est pas que l'Âme du monde a été, comme Jésus, crucifiée sur la Matière. Telle est, selon lui, la croix que nous portons tous.

Autant que je me souvienne, ma mère ne m'a jamais parlé de Mani, mais je suis sûr qu'elle l'aimait comme je l'aime. Parce que c'est un des grands vaincus de l'histoire des religions. Il est vrai qu'il l'a bien cherché, ne serait-ce qu'en imposant la non-violence à ses religieux à qui il était interdit de faire du mal à une mouche ou même d'écraser un brin d'herbe. Entre deux jeûnes prolongés, ils étaient soumis à un régime végétarien, par respect pour la vie et la nature. Condamnés à la « bienheureuse pauvreté », ils ne devaient, de surcroît, rien posséder, fors la nourriture de la journée et un vêtement pour l'année. Ils n'avaient pas le droit non plus de médire et de calomnier, ce qui, on l'imagine, ne facilitait pas l'évangélisation des âmes.

Partout où la religion manichéenne essaima, de la Perse à la haute Asie, elle apporta la douceur de vivre. Mais, quelque temps après son apogée, elle avait pratiquement disparu de la surface de la planète. Poète, polygraphe et cosmologiste, Mani n'aura finalement été qu'un inventeur de mythes et de légendes. Un saint authentique, très différent des autres prophètes. Il ne dit pas de mal de ses prédécesseurs. Il demande pardon au blé moulu avant de le manger. Condamné à être écorché, il est mort dans sa geôle en 277, couvert de chaînes, après vingt-six jours de torture. Je suis convaincu qu'il ne s'est même pas plaint. Il y a du Jésus en lui. Sauf qu'il a tout raté, sa postérité et même son supplice, puisqu'il est mort avant d'être exécuté.

Pourquoi s'est-on tant acharné sur lui ? Comment a-t-on pu éradiquer si vite sa religion ? Il ne pouvait imposer sa loi et sa religion pour les siècles des siècles. Les siennes étaient douces, angéliques, innocentes. Pas assez haineuses. Il lui manquait le sectarisme, la foi ardente, la niaque paulinienne, qu'incarne si bien saint Augustin.

Aucune hérésie ne résiste au verbe ou à la plume de saint Augustin. Ni l'arianisme, du nom du théologien Arius (256-336) qui prétend que, dans la trinité chrétienne, la divinité du Très-Haut est bien supérieure à celle de Jésus-Christ, son fils fait homme. Ni le donatisme, du nom de l'évêque de Numidie Donatus Magnus (vers 270-vers 355) qui assure que, pour être validés, les sacrements de la foi doivent être administrés par des prêtres d'une pureté morale irréprochable : à l'époque, les circoncellions, bras séculiers des donatistes, attaquent les riches fermiers à coups de gourdin, libèrent leurs esclaves et mettent leurs propriétés à sac, au nom de l'égalité universelle.

On a dit de saint Augustin qu'il n'avait rien d'un inquisiteur. Soit. Il semble croire à la force du dialogue et à la puissance de la conviction. Mais quand il les a épuisées, il se tourne vers l'État romain et lui demande, avec succès, de prendre son parti, avec les conséquences que l'on imagine. Voilà où mène la conception du Dieu Créateur barbu et autoritaire, celui que ma mère appelait le Dieu de tableau. Elle rabaisse le Seigneur, elle le rapetisse, jusqu'à en faire un vieillard irritable, voire acariâtre, qui ne souffre pas la contradiction.

Quand il était dans « l'erreur » et donc manichéen, Augustin concevait Dieu comme une « substance immense pénétrant de toutes parts à travers les espaces infinis la masse entière du monde, répandue sans terme dans l'immensité ». N'était la petite répétition que j'imputerais, pour le principe, à la traduction, c'est la plus belle définition de Dieu que je connaisse. À mes yeux, tout y est. La grâce, le panthéisme et la cosmologie. Le Seigneur y est décrit comme un mystère qui passe à travers les humains, les arbres ou les pierres, et qui nous unit pour nous fondre dans le Grand Tout.

Après que la grâce est tombée sur ses épaules, dans le petit jardin de Milan, saint Augustin a corrigé sa définition. Il a désormais circonscrit Dieu au rôle de créateur et de sauveur. Ce n'est pas mal, mais le Seigneur n'a plus la même ampleur; il est devenu étriqué, accessible.

Après le récit de sa conversion, Augustin le Berbère procède à un superbe plaidoyer pour le Dieu Créateur — l'un des sommets des *Confessions* : « J'ai interrogé la terre et elle m'a dit : "Je ne suis point Dieu." Tout ce qui s'y rencontre m'a fait le même aveu. J'ai interrogé la mer et ses abîmes, les êtres vivants qui s'y meuvent et ils m'ont répondu : "Nous ne sommes pas ton Dieu; cherche au-dessus de nous." J'ai interrogé les vents qui soufflent, et le nom de l'air avec ses habitants m'a dit [...] : "Je ne suis point Dieu." J'ai interrogé le ciel, le soleil, la lune et les étoiles : "Nous ne sommes pas davantage le

Dieu que tu cherches", m'ont-ils déclaré. Et j'ai dit à tous les êtres qui assaillent les portes de mes sens : "Entretenez-moi de mon Dieu, puisque vous ne l'êtes point, dites-moi quelque chose de lui." Ils m'ont crié d'une voix éclatante : "C'est lui qui nous a créés." Pour les interroger, je n'avais qu'à les contempler, et leur réponse, c'était leur beauté. »

Quand saint Augustin interroge enfin la masse de l'univers, elle lui répond : « Je ne suis point Dieu, je suis son œuvre. » À l'en croire, la vérité lui a même dit : « Ton Dieu n'est ni le ciel, ni la terre, ni aucune espèce de corps. »

Lors de ma première lecture des *Confessions*, il y a si longtemps, j'étais sidéré : quand elle me parlait par les « portes de mes sens », la vérité me disait exactement le contraire. Pour moi, dès ma petite enfance, tout était Dieu, les chèvres et les nuages, alors que pour saint Augustin, c'était un personnage à « la voix forte » avec lequel il entretenait une relation charnelle, pour ainsi dire sensuelle. Telle est la limite de son œuvre et aussi la raison de sa beauté, la beauté lumineuse des pages qu'on dirait écrites sous le regard de Dieu.

5

Entre chacune de nos brouilles, François Mitterrand commençait toujours par la même question l'entretien de la réconciliation :

« Vous croyez toujours en Dieu ?

— Pourquoi n'y croirais-je plus ?

— Je vous envie. »

Un soupir, puis :

« Comme vous avez de la chance !

— Ce n'est pas de la chance. Pour croire, il suffit de se laisser aller. De s'écouter. »

Là-dessus, nous reprenions le cours d'une conversation qui a duré plus de trente ans. Mitterrand se disait agnostique, mais je n'en croyais pas un mot. Il lisait trop de livres sur la religion pour n'être pas travaillé par la foi. Par exemple, il était incollable sur sainte Thérèse de Lisieux, morte de la tuberculose, à vingt-quatre ans, en comptant bien « passer son Ciel à faire du bien sur la Terre ». Il m'avait même prêté la *Vie de Thérèse de Lisieux* du père Jean-François Six, livre qu'il adorait et que je ne lui ai rendu qu'après qu'il me l'eut réclamé.

Je lui disais qu'il se trompait en cherchant Dieu dans la Bible comme il le faisait avec une sorte de rage compulsive. Son exemplaire, un livre de poche, était en lambeaux. Un ramas de pages épluchées et annotées qui ne tenaient qu'à un fil. Il en connaissait chaque recoin.

« Vous perdez votre temps, répétais-je. La Bible, c'est le dernier endroit où vous pourrez trouver Dieu. Il est dehors, dans la vie, dans la nature, il suffit d'ouvrir les yeux pour tomber dessus.

— C'est tellement beau, la Bible.

— Vous avez raison mais elle ne nous parle que d'un Dieu mort et empaillé. Le vrai, il est partout. Là, devant vous, derrière ou au-dessus. »

Les preuves de l'existence de Dieu, il suffit de se baisser pour les ramasser. Ou bien de lever les yeux et de regarder le ciel. Certes, j'en conviens, surtout à la campagne. L'urbanisation galopante, avec ses rocades, ses barres de béton et ses centres commerciaux, n'est pas propice aux crises mystiques. À ma connaissance, personne n'a encore rencontré le Seigneur derrière la colonne d'un hypermarché, du côté du rayon des produits frais. C'est même plutôt le terrain de jeu du Diable, le champ d'expérimentation où, comme dirait Mani, il prend chaque jour l'avantage.

J'ai souvent eu l'occasion de croiser Dieu au cours de ma vie. Rien de plus facile. Il suffit, pour ce faire, de quitter les autoroutes de la civilisation matérialiste qui a remplacé le Mystère par les sciences occultes ou le Surnaturel par l'astrologie et l'idéologie complotiste. Il suffit de revenir aux sources.

On ne voit plus guère ces sources sous les tombereaux de bitume, de ciment et de déchets en tout genre que notre espèce déverse sur la terre. Il faut gratter, creuser ou partir loin du monde et on finira toujours par les trouver, sous une pierre, dans une forêt, devant la mer ou au pied d'une montagne.

On dirait que la société moderne s'échine à effacer les preuves de l'existence de Dieu. Un travail de sape méthodique qui est en train de nous faire tout perdre. L'humilité, l'amour de la nature et l'esprit d'enfance.

Quitte à faire encore sourire, j'affirme qu'on ne vient à Dieu que par les éléments célébrés par tant de panthéistes, amoureux du monde, comme Walt Whitman, le poète des forêts et des prairies américaines, dans ses *Feuilles d'herbe* : la gaieté de la rivière, l'hirondelle qui darde son vol, le parfum des citrons et des pommes, les pariades des oiseaux, l'humide des bois, le ciel d'été dans l'eau, la fibre de froment mondé, les scintillantes étoiles, la ruisselante rosée, sans oublier, bien sûr, le désir amoureux ou le « bondissement du sang sous l'étreinte des paumes ».

Toute l'œuvre de Whitman ruisselle de foi, de suées, de lait séminal et de force brute. Mais au couchant de son siècle, le XIXe, il n'était déjà plus de son temps. L'espèce humaine avait déjà commencé à faire autre chose de cette terre. Un monde sous cloche. C'est à force de fuir du regard les espaces infinis ou les champs mordorés que nous avons perdu Dieu de vue. La civilisation fait tout son possible pour nous prémunir contre les visions célestes. Trop dangereuses. Elles nuiraient au consensus, à la productivité.

Saint Augustin a dit que Dieu s'est fait homme afin que l'homme devienne Dieu. Et l'homme s'est pris au jeu. Il a créé le plastique, le néon, le goudron, les gratte-ciel et j'en passe. Rien n'arrête notre boulimie de création dont les produits ne me semblent exister que pour nous boucher la vue et nous transformer en automates, aveugles au monde.

Les pires ennemis des agnostiques et des incroyants : l'eau, la terre, la nature et le ciel étoilé. Ils ouvrent la porte sur l'absolu. Ils nous élèvent. C'est pourquoi ils gênent. Quand la société moderne les accepte, à son corps défendant, elle les abaisse au rôle d'objets de consommation. L'horizon est à vendre, la mer aussi ; ils ont un prix, toutes taxes comprises. Dans ce monde, il faut se forcer pour croire : le Tout-Puissant ne va plus de soi ; il n'est donné à personne.

À défaut du Seigneur, il nous reste des valeurs refuges, des fausses valeurs, sonnantes et trébuchantes, qui abusent les oies, les dindons, toutes les volailles des sociétés humaines. Le pouvoir, la richesse, la gloire et l'ambition.

6

Dans tous les moments importants de ma vie, mon premier réflexe fut toujours d'entrer dans l'église la plus proche, comme si je voulais dire à Dieu mon chagrin ou ma joie. Quand maman est morte. Après la naissance de mes enfants. Chaque fois que je rencontrais un nouveau grand amour.

Quand je tombai sous les charmes de V., nous avons même couru tous les deux jusqu'à Notre-Dame de Paris pour y faire brûler un cierge, de toute urgence, le souffle coupé, les mains tremblantes. J'ai honte de dire que, dans ces occasions-là, je parle toujours à Dieu. J'ai honte de le dire, non par crainte du ridicule, auquel j'ai toujours survécu, mais parce que je ne crois qu'au Dieu Univers, et non au Dieu Créateur.

Pourquoi parlerais-je au Dieu Créateur si je ne crois pas en lui ? Je me suis souvent tourné vers lui au cours de ma vie, alors que tout me dit qu'il n'existe pas. Par exemple, si l'on sait que, dans sa phase précoce, celle des quinze premiers jours, l'embryon de l'humain ne se différencie en rien de celui du poisson, on a peine à prêter foi à l'Ancien Testament qui prétend que Dieu a créé l'homme « à son image ». À moins, bien sûr, qu'il n'ait aussi créé le poisson « à son image ».

Pour moi, la cause est entendue, Dieu se confond avec le monde et correspond à la définition de Tolstoï : « Ce tout illimité dont l'homme se sent une partie limitée. » Déjà enfant, dans la ferme normande de mes parents, je le sentais dans les odeurs enivrantes de foin frais, d'herbe mouillée et de bouse de vache. Je le respirais, les narines pleines du souffle de Dieu, qui faisait trembler les pâturages, frissonner les haies et remuer les broussailles. Je le voyais dans le bleu du ciel, dans le vert des champs constellés de boutons-d'or comme des taches de beurre ou dans les fleurs roses que les pommiers avaient mises dans leurs cheveux.

Si je n'avais eu que le Dieu Créateur sous la main, j'aurais sans doute été travaillé par le doute, à moins que j'eusse tourné agnostique. Il déçoit souvent. Il a même déçu le Christ qui gémissait sur sa croix : « Mon Dieu, mon Dieu, pourquoi m'as-tu abandonné ? »

Dans *La nuit*, d'Élie Wiesel, récit de sa vie dans les camps de la mort, il y a, à ce sujet, l'une des pages les plus fortes que j'ai jamais lues. À Auschwitz où l'auteur est détenu, les nazis ont décidé de pendre un enfant, pour faire un exemple, mais il est si léger, après des mois de privation, que son poids ne suffit pas à lui briser les cervicales. Le garçon étouffe donc peu à peu, en gigotant au bout de sa corde, la langue pendante, devant les prisonniers rassemblés en rang.

« Où donc est Dieu ? » demande une voix dans l'assistance. Devant ce spectacle qui s'éternise, il y a quelque chose d'obscène à croire au Dieu Créateur et on sent bien que la foi d'Élie Wiesel vacille.

S'il est toujours au-dessus de nous, à surveiller que nous suivons bien ses instructions, pourquoi le Dieu Créateur laisse-t-il faire ça ? Pourquoi accepte-t-il tout ce malheur du monde qui coule à gros bouillons, cette fureur qui éventre les innocents et cisaille les chairs vivantes ? Ou bien il est débordé mais alors il n'est pas tout-puissant. Ou bien il nous a laissés en plan pour aller faire un tour. À moins qu'il ne soit mort ou qu'il n'ait été une illusion depuis la nuit des temps. J'ai toujours eu un faible pour la formule de Stendhal : « Ce qui excuse Dieu, c'est qu'il n'existe pas. »

Pour quelqu'un qui n'existe pas, il est en tout cas très autoritaire et très exigeant. La lecture du Deutéronome est, de ce point de vue, déprimante. Parmi ses injonctions, la moins étrange n'est pas l'interdiction de manger des crevettes ou des supions sous prétexte qu'ils n'ont ni nageoires ni écailles. Si un homme est attaqué et que, pour le défendre, sa femme ose saisir les « parties honteuses » d'un de ses assaillants, on coupera la main de l'épouse sans autre forme de procès. Au cas où un de ses innombrables commandements du même genre ne serait pas exécuté, Yahvé frappera le désobéissant « d'hémorroïdes, de gale et de teigne ». Avec, en prime, un « ulcère malin aux genoux et aux cuisses ». Sans parler de tous les malheurs qui lui tomberont dessus jusqu'à en faire un « objet d'épouvante pour tous les royaumes de la terre ».

Allah n'est pas plus miséricordieux, même s'il a tout le temps ce mot à la bouche. Dans bien des sourates du Coran, il menace des pires maux les incrédules, les hypocrites, les insolents, les injustes et les polythéistes. Il leur promet le feu, la fournaise ou la géhenne pour l'éternité. Le mot châtiment est au demeurant l'un de ceux qui revient le plus souvent dans sa bouche.

Dans l'Ancien Testament, Yahvé ne cesse de maudire ceux qui lui résistent. Dans le Coran, Allah répète tout le temps, en écho : « Crains Dieu ! » Les deux sèment la terreur pour récolter la foi.

Dans *Léviathan*, paru en 1651, Thomas Hobbes, qui ne se mouche pas du pied et se verrait bien en un nouveau Platon, explique que la peur a créé les dieux : « Il est impossible que les humains, en proie à un effort continuel pour assurer leur sécurité face au malheur qui les effraie, et pour se procurer le bien qu'ils désirent, ne soient pas perpétuellement anxieux au sujet de l'avenir. »

Hobbes compare la condition humaine au sort de Prométhée, attaché sur le mont Caucase, entre ciel et terre. Un pauvre bougre dont le foie sert de pitance à un aigle qui, chaque jour, vient en dévorer un morceau, aussitôt reconstitué, ce qui assure la pérennité du supplice. Selon le philosophe britannique, les « humains qui regardent trop loin en avant, par souci de l'avenir, ont le cœur rongé pendant le jour par la peur de la mort, la pauvreté ou d'autres calamités; et leur inquiétude est sans repos ni répit, sauf dans le sommeil ».

C'est ainsi, à l'en croire, que l'espèce humaine se retrouve à genoux dans les églises, les mosquées ou les synagogues. Avec l'« idée qu'il y a des esprits » et l'« ignorance des causes secondes », notre angoisse existentielle serait l'un des « germes naturels » de la croyance religieuse.

On ne peut que s'incliner devant la liberté d'esprit de Hobbes. Il n'a pas froid aux yeux. Notamment quand il ramène tout à Adam qui, en décidant de juger pour lui-même du bien et du mal, s'est affranchi de Dieu, nous laissant seuls avec nous-mêmes. En l'absence du Dieu immortel, c'est à nous, désormais, de surmonter notre condition et de nous inventer un dieu mortel pour améliorer la vie humaine qui, par définition, est « solitaire, misérable, dangereuse et brève ».

Selon Hobbes, c'est depuis Adam que les humains seraient malheureux et coupables. Il y a quelque chose de plaintif et de renfrogné dans sa philosophie. Rien ne semble le rassurer ; c'est pourquoi il entend édifier tant de garde-fous à travers la loi commune, mais ils ne seront jamais assez grands ni protecteurs...

Ce pessimisme lui brouille la vue. Loin de moi l'idée de nier que la peur puisse être l'une des meilleures alliées de la foi et de réfuter que la peine, le deuil ou la maladie remplissent les lieux de culte. Quand je me battais contre le cancer, j'allais beaucoup dans les églises. Mais il est vrai qu'à l'époque je marchais tout le temps, pour garder la forme, et qu'il est rare que je passe devant une église sans y entrer. Souvent, elles me mettent en joie. Surtout pendant la messe.

Thomas Hobbes oublie la joie. La joie d'être ensemble ou d'être là, tout simplement. La joie de nous retrouver dans les yeux aimés d'un amour ou d'un enfant. La joie de se mélanger à l'univers. La joie qui fait de Dieu une évidence.

Je crois à la preuve par la joie.

7

Je ne connais pas de meilleure définition de la joie que celle de Simone Weil : « En toute chose, seul ce qui nous vient du dehors, gratuitement, par surprise, comme un don du sort, sans que nous l'ayons cherché, est joie pure. »

Il y a un soupçon d'hérésie dans la définition de la philosophe de l'ascétisme. Un ascétisme qui l'a conduite à se laisser mourir de tuberculose, d'anorexie et d'épuisement, en 1943, à Londres, pour partager les souffrances des Français restés au pays. La joie de Dieu, elle ne la cherche pas, elle ne l'a jamais cherchée, elle lui est tombée dessus.

Une fois encore, Simone Weil n'est pas dans la ligne. Pour les chrétiens, la joie est un travail, un aboutissement. Quand, après une longue quête, on a fini par se trouver devant Dieu qui, en montrant sa face, illuminera nos yeux pour nous ravir.

Il a fallu mille ans à la chrétienté pour découvrir la joie. Jusque-là, elle s'était contentée de la consolation. Dans certains cas, de l'extase. Mais la joie n'était pas son fort. C'est saint Anselme (1033-1109) qui l'a inventée. Né à Aoste, dans le Piémont, il vécut longtemps dans l'abbaye normande du Bec-Hellouin, dont il fut le prieur, puis l'abbé, avant de finir en beauté : archevêque de Cantorbéry.

C'est un disciple de saint Augustin. Il s'adresse à Dieu avec la même ferveur et la même modestie grandiloquente. Il a pareillement un style superbe et le sens de la formule. Son livre le plus important, *Proslogion, allocution sur l'existence de Dieu*, marquera des générations de chrétiens et on retrouve son influence chez les auteurs aussi différents que saint François d'Assise ou Blaise Pascal.

Dans *La vie des Saints*, paru jadis sous l'autorité des augustiniens de l'Assomption, l'auteur de sa fiche est à la peine pour justifier la canonisation d'Anselme qui a certes fait des simagrées chaque fois qu'on lui a proposé un nouveau poste, mais qui n'a rien d'un héros tragique. Il aurait guéri les maladies de ses frères, au Bec-Hellouin, par un signe de croix, avant de faire jaillir, dans un monastère italien, une source dont l'eau accomplissait des miracles. De plus, l'un de ses pairs l'aurait surpris un matin en prière, dans la salle du chapitre, entouré d'une auréole en feu. En somme, rien de bien extraordinaire. Mais bon, c'est un homme de pouvoir doublé d'un intellectuel de haute volée et au caractère bien trempé. Un avatar d'Augustin, qui a su tenir tête, avec succès, au roi Guillaume le Roux, fils et successeur du Conquérant, goujat et rapiat antipapiste.

Anselme est comme saint Jean qui évoque la douleur de la femme enfantant dans la joie. Pour lui, la douleur et la joie sont les deux faces de la même vérité, mais c'est la joie qui l'inspire le plus, un mot qui, avec ceux de félicité et de béatitude, revient souvent sous sa plume. On l'imagine le sourire perpétuellement aux lèvres, y compris quand on lui annonce de mauvaises nouvelles.

Par joie, Anselme n'entend pas un petit bonheur passager mais une force qui lui permet d'accéder à Dieu. La joie « pleine » comme il dit, et qui « n'entrera pas dans ceux qui auront de la joie, ce sont eux qui, ayant de la joie, entreront tout entiers en elle ».

Chrétienne, la joie ? Certes, le Cantique des Cantiques la célèbre autant que l'amour. Mais ce sont seulement quelques pages merveilleuses au milieu des monceaux d'objurgations et de malédictions que charrie l'Ancien Testament. L'allégresse n'est pas une spécialité biblique.

Pourtant, elle est partout dans le monde. Il suffit de la laisser venir pour la trouver. En s'endormant en plein soleil, en écoutant Vivaldi ou Bach, en lisant à haute voix saint Jean de la Croix ou Louis Aragon, dont le « Second intermède » fait toujours battre mon cœur :

Tout peut changer mais non l'homme et la femme
Ni ce grand cri ni ce déchirement
Et la stupeur soudaine des amants
Tout peut changer de sens et de nature
Le bien le mal les lampes les voitures
Même le ciel au-dessus des maisons
Tout peut changer de rime et de raison
Rien n'est plus ce qu'aujourd'hui nous sommes
Tout peut changer mais non la femme et l'homme.

Saint Anselme termine le *Proslogion* par une supplique à Dieu : « Fais-moi te connaître, t'aimer, que tu fasses ma joie [...]. Cette joie, que mon cœur l'aime et que ma bouche en cause. Que mon âme en ait faim, que ma chair en ait soif, que ma substance tout entière en ait le désir, jusqu'à ce que j'entre dans la joie de mon Seigneur. »

La leçon de saint Anselme est qu'il ne faut pas se prendre la tête quand on pense à Dieu, car, pour reprendre sa formule, « c'est la joie pleine que promet le Seigneur ».

Croyants, détendez-vous, déridez-vous. Les religions meurent de l'esprit de sérieux. La foi sera joyeuse ou ne sera pas.

8

Il m'a toujours semblé logique que Yahvé ou Allah fussent des hommes. Ils en ont toutes les particularités. L'ego, la colère et, surtout, l'organe : le Dieu Créateur aime donner de la voix, qu'il a forte et grave. C'est un machiste ramenard, toujours monté sur ses grands chevaux, à faire son quelqu'un. D'où ses imprécations, le sang versé, les guerres de religion.

J'ai toujours pensé, en revanche, que le Dieu Univers était une femme. Une matrice, selon Lao-tseu. À mes yeux, une grosse nourrice avec des seins comme des oreillers. Ou bien une mère aimante. En tout cas, pas un père Fouettard. Grâce soit rendue au christianisme d'avoir porté si haut la Vierge Marie qui, au début de notre ère, comptait pour si peu. C'est seulement à partir du XIe siècle que son culte a commencé à se développer jusqu'à ce que le pape Pie IX proclame enfin le dogme de l'Immaculée Conception dans sa bulle *Ineffabilis Deus* du 8 décembre 1854, où il est dit qu'elle fut « préservée intacte de toute souillure du péché originel ».

Je vais rarement dans une église sans aller me recueillir devant son autel et allumer un cierge en formulant des vœux que je n'avouerai jamais, même sous la torture. J'ai bien conscience qu'il y a quelque chose de bêtasson à passer tant de temps avec la Vierge au lieu de se consacrer à Dieu dont elle n'est, après tout, que la mère porteuse. Un jour que je m'en ouvrais à maman pour qui Marie n'était qu'une pièce rapportée, une divinité de dernière heure, une sorte de dérivation libidineuse, elle m'avait répondu :

« Mais qu'est-ce que ça peut faire ? Ne me dis pas que tu te préoccupes du qu'en-dira-t-on ? L'essentiel, c'est de prier, de s'élever, de sortir de soi. Par la Vierge ou par quelqu'un d'autre, peu importe, il n'y a que le résultat qui compte. »

Le génie du christianisme est d'avoir offert au monde la Vierge Marie et, dans la foulée, une belle brochette de saintes qui pètent le feu avec le même mot à la bouche : Joie ! La joie de saint Anselme qui les amène à fusionner avec le Christ, jusqu'aux limites de la folie. Je me garderai bien de donner des leçons en la matière. D'autant que je fus moi-même longtemps sujet aux apparitions.

Toujours le même scénario. Pendant mon sommeil, une femme resplendissante de lumière s'approche de moi. La peau dorée, le regard offert, les lèvres ouvertes, elle a la tête légèrement penchée et semble flotter entre ciel et terre. Ce pourrait être la Vierge Marie, mais non, elle n'a jamais le même visage. Selon les nuits, elle est blonde ou brune. Parfois, elle a les cheveux crépus. En plus, je la connais. C'est le nouveau grand amour que je viens de rencontrer.

La nuit, il m'arrive aussi de recevoir la visite de ma mère morte. De son vivant, elle avait toujours au moins un quart d'heure de retard. C'est pourquoi elle n'arrêtait pas de courir et je me demandais comme elle faisait pour ne jamais tomber avec ses hauts talons. Désormais, elle avance lentement, comme apaisée, et son regard aimant plonge en moi, me remplissant de bonheur pendant qu'elle me sermonne d'une voix douce. J'ai souvent eu droit à des injonctions de ce genre :

« Je ne comprends pas ce que tu es en train de faire de ta vie ! Quand arrêteras-tu de divorcer ?

— C'est la dernière fois, maman.

— Tu me dis toujours ça.

— Je me suis rangé.

— Ce n'est pas assez. Cadenasse-toi maintenant ! »

Je vous ferai grâce de toutes mes conversations nocturnes avec ma mère qui, dans ses apparitions, est bien plus jeune qu'à sa mort. La trentaine ou à peine plus. À mesure que je m'approche de la tombe, je la trouve de plus en plus belle et fraîche.

Après cela, comment me gausserais-je des saintes mystiques qui, comme Hildegarde de Bingen et tant d'autres, ont transmis au monde leurs visions ?

9

Saint Anselme de Cantorbéry a encore onze ans à vivre quand naît Hildegarde de Bingen (1098-1179), dixième enfant de nobliaux du Palatinat. Dès son plus jeune âge, elle a des visions et manifeste un don certain pour la prophétie. La légende raconte qu'à cinq ans, apercevant une vache, elle décrit à sa nourrice le veau qu'elle porte : « Il est blanc, avec des taches au front, aux pieds et au dos. » La prédiction se révélera exacte.

C'est dans sa quarante-troisième année que la nonne des bords du Rhin entame sa grande carrière de visionnaire quand une « lumière vivante », venue du ciel, fond au-dedans d'elle. Hildegarde voit alors une montagne sur laquelle trône un être d'une si grande clarté qu'elle est éblouie. Il lui demande de répéter aux humains « tièdes et émoussés » ce qu'il va lui dire : « Déverrouille pour eux l'enclos des choses mystiques que, dans leur crainte, ils dissimulent dans un champ caché qui ne produit pas de fruit. »

Devenue « bouche de Dieu », elle rapportera ainsi vingt-six visions dans un livre étrange, le *Scivias.* On y trouve à peu près toujours les mêmes descriptions. Des globes de feu, des cercles de lumière, des cortèges d'anges quand ce n'est pas un homme avec des griffes de lion aux pieds ou un dragon couvert d'ulcères et de pustules.

Son univers est baroque, kitsch, parfois gore. Dans la cinquième vision de la première partie du *Scivias,* elle voit ainsi une sorte de femme sans yeux, pâle de la tête au nombril et noire du nombril aux pieds, qu'elle a sanglants. Les mains sous les aisselles, cet être étrange se tient debout devant Dieu. Dans son cœur, elle porte Abraham. Dans sa poitrine, Moïse et, dans son ventre, tous les autres prophètes. C'est la Synagogue, mère de l'incarnation du fils de Dieu.

Passons. Sainte Hildegarde a laissé derrière elle une œuvre immense où l'on trouve de tout. De la théologie cosmique, mais aussi de la poésie, de la musique sacrée et des livres de médecine où elle célèbre les vertus de la garance qui guérit la fièvre, de la menthe qui soigne la folie, du fenouil qui facilite la digestion ou de la violette qui chasse la mélancolie. Sans oublier le vin, le vinaigre et l'huile d'olive qu'elle utilise pour ses préparations.

La petite abbesse de santé fragile est une

femme lumineuse qui semble continuellement fascinée par ce qu'elle voit sur la terre et au ciel. Elle entend rendre ce qui lui est donné et « réjouir le cœur de l'homme », « clôture des merveilles de Dieu » qui est la vie même.

La même joie habite Angèle de Foligno (1248-1309). La « joie parfaite », célébrée par saint François d'Assise. Après avoir perdu coup sur coup, vers l'âge de quarante ans, son mari et ses enfants, elle vend son château, donne ses biens aux pauvres et revêt la bure des pénitentes franciscaines.

Lors d'un pèlerinage qui la mène de Foligno à Assise, deux villes proches, Angèle entend une voix qui lui dit l'« aimer plus qu'aucune femme dans la vallée ». À partir de là commence son histoire d'amour avec le Christ qui ne cessera plus de lui rendre visite. Et de lui donner toujours de nouvelles preuves d'amour. « Je m'offre à toi pour que tu t'offres à moi », lui dira-t-il. Elle ne se fera pas prier.

Jésus est l'homme de sa vie et elle nage dans la félicité de l'amour partagé. Il y a chez elle cette même fièvre sensuelle que l'on retrouvera, deux cents ans plus tard, chez Thérèse d'Avila. Avec des excès paroxystiques, comme ce jour où, devant le Christ, Angèle est saisie d'une extase foudroyante qui la jette à terre et lui donne l'impression que son « âme entre dans la plaie du Christ où, au lieu de la douleur, elle boit une joie » dont il lui est impossible de parler.

Je l'imagine les pupilles dilatées et les narines tremblantes, comme une grande amoureuse. Sainte Angèle de Foligno est irrésistible. C'est peut-être pourquoi elle fut épargnée par les chasseurs d'hérétiques qui, en ce temps-là, n'hésitaient pas à vous envoyer au supplice pour un mot de travers, comme ce fut le cas de Marguerite Porète, brûlée à Paris, en 1310, pour avoir écrit notamment que l'« âme anéantie dans l'amour du créateur peut et doit, sans remords ni reproche de conscience, concéder à la nature tout ce qu'elle demande et désire ».

De toutes les saintes énamourées qui ont entretenu des relations personnelles avec le Christ, c'est sans doute Thérèse de Lisieux (1873-1897) qui me fascine le plus. La petite chose de la chrétienté. La balayeuse du Carmel, voûtée avant l'âge. L'enfant de la foi qui n'a fait que passer ici-bas, à peine arrivée, déjà rappelée au Ciel.

Comme Thérèse d'Avila, elle meurt de ne pas mourir pour s'offrir à Dieu. Chez elle, ni pose ni posture : elle parle brut. François Mitterrand, qui la chérissait en secret pour ne pas déranger les incrédules, disait que la petite carmélite tuberculeuse était « la plus sincère de toutes les saintes ». C'est pourquoi on ne se surprend jamais à douter ni à sourire en lisant ses écrits autobiographiques réunis en un seul volume, *Histoire d'une âme*, un chef-d'œuvre de vérité.

Elle se décrit, selon les jours, comme une petite fleur des champs, sans comparaison possible avec les lis et les roses, ou comme un « petit oiseau couvert seulement d'un léger duvet », qui peut battre des ailes, mais pas s'envoler, contrairement aux aigles, et qui, dans un « audacieux abandon », trouvera la « joie parfaite » en contemplant le « Divin Soleil ». Telle est sainte Thérèse de Lisieux : rustique, naïve et poétique. Avec ça, humble et toujours de bonne humeur.

Même si la ville a du charme, je déconseille le pèlerinage à Lisieux où devant le flot des images pieuses et le toc de la cathédrale, le culte de Thérèse devient suspect. Il faut la lire, il faut même lire à haute voix des poèmes comme celui-ci, qu'elle a écrit un an avant sa mort, dans la fleur de l'âge :

Ton amour est mon seul martyre
Plus je le sens brûler en moi
Et plus mon âme te désire
Jésus, fais que j'expire
D'amour pour toi.

10

La foi suffisait aux grandes mystiques, mais pas à saint Anselme de Cantorbéry. Il lui fallait plus que la « joie pleine ». Il entendait prouver l'existence de Dieu pour clouer une fois pour toutes le bec des incroyants.

Je ne me lasserai jamais de répéter qu'il n'y a qu'à ouvrir les yeux pour croire en Dieu. Il suffit d'être « simple et pauvre d'esprit », comme se définissait sainte Thérèse de Lisieux, pour n'avoir pas la vue brouillée.

Il y a une trentaine d'années, Maxime, un berger de mes amis, m'avait dit une phrase qui, depuis, tourne souvent dans ma tête. Une caricature de Provençal qui, avec sa troupaille, semblait toujours sortir d'un livre de Giono, dans des nuées de poussière.

De loin, on aurait dit un épouvantail. Il avait des yeux jaunes et globuleux, où il n'y avait rien qu'un mélange de fatigue et de tristesse. Avec ça, toujours une bouteille de rouge dans son manteau noir de crasse et raide comme la mort, une sorte de bure qu'il portait par tout temps.

Ce jour-là, nous l'avions suivi, mes enfants et moi, sur la crête du Luberon, par un soleil de plomb, avec son troupeau de deux ou trois cents moutons qui lui obéissait au doigt et à l'œil. Nous étions quelque part entre Mérindol et les gorges du Régalon, en train de contempler la vallée de la Durance qui chantonnait en bas.

Maxime n'était pas d'un naturel causant. Il parlait surtout la langue des brebis, des oiseaux et des nuages. Après un silence plus silencieux encore que d'ordinaire, il finit par dire :

« Devant un ciel ou un paysage comme ça, il est impossible de ne pas voir Dieu, de ne pas le sentir, de n'avoir pas envie de lui parler. »

Il vivait les yeux ouverts. C'est pourquoi il vivait avec Dieu en lui. Sa foi était comme l'air qu'il respirait. Elle allait de soi. Ce n'est pas le cas pour tout le monde. Parfois, pour qu'elle se déclare, il faut une apparition. Ou bien une illumination. Ou encore une voix comme celle, maternelle, qui s'adresse à Paul Claudel, le 25 décembre 1886, après qu'il est entré dans la cathédrale Notre-Dame de Paris.

L'événement ou l'« étincelle séminale », si l'on parle le Claudel, se produit alors que l'écrivain a dix-huit ans, pendant les vêpres, près du second pilier à droite du côté de la sacristie, alors que la maîtrise des enfants de chœur chante le Magnificat.

Un foudroiement. « En un instant, écrit Paul Claudel, mon cœur fut touché et je crus. Je crus d'une telle force d'adhésion, d'un tel soulèvement de tout mon être [...] que, depuis, tous les livres, tous les raisonnements, tous les hasards d'une vie agitée, n'ont pu ébranler ma foi, ni, à vrai dire, la toucher. »

Son enflure naturelle, mâtinée de bouffissure, rend sujet à caution le récit de Paul Claudel. Il le reconnaît lui-même : « J'ai une mémoire excellente mais je ne me souviens pas des choses comme elles sont. » Il y a quelque chose d'involontairement comique chez l'auteur du *Soulier de satin*, tête à claques mais, surtout, à blagues. Son indéniable talent n'a pas empêché ses contemporains de rire beaucoup à ses dépens. Julien Green parle ainsi dans son *Journal* d'un télégramme que Mauriac a reçu quelques jours après la mort de Gide et ainsi rédigé : « Il n'y a pas d'enfer. Tu peux te dissiper. Préviens Claudel. (*Signé*) André Gide. »

Max Jacob est un personnage d'un autre genre. « Poète cocasse comme un rêve », selon l'expression de Cocteau, il prétend, lui, avoir vu le Christ en personne. En septembre ou en octobre 1909, la date est imprécise, sur le mur de sa chambre, à Montmartre. Le Fils de Dieu était vêtu d'une longue robe de soie jaune, avec des parements bleus.

Comme c'est un fantaisiste, féru d'occultisme et d'astrologie, son récit ne sera pas pris au sérieux, mais il se convertira six ans plus tard après avoir écrit à son cousin, l'écrivain Jean-Richard Bloch : « La mission des juifs est accomplie, ils doivent se réjouir de ce qu'ils ont fait par leur sacrifice séculaire [...]. Ne me traite pas d'apostat ! Je ne renie rien : je n'avais pas de religion, j'en choisis une. » Il vivra pleinement sa foi, en original, jusqu'à ce que son destin le rattrape : arrêté par la Gestapo et interné à Drancy, il meurt d'une pneumonie, le 5 mars 1944.

Saisissant est le témoignage d'André Frossard, un personnage sarcastique, à qui on ne la fait pas, fils du premier secrétaire général du parti communiste français. Il a vingt ans quand il entre, le 8 juillet 1935, à dix-sept heures dix, dans une petite chapelle de la rue d'Ulm, à Paris, en face de l'École des Arts décoratifs. « Athée tranquille », selon sa propre définition, il ne manifeste aucune prédisposition pour une éventuelle conversion. Pas de chagrin d'amour ni d'angoisses métaphysiques. Il n'a, de plus, jamais éprouvé la moindre curiosité pour les choses de la religion qui, à ses yeux, sont d'une autre époque.

La preuve, il est resté dehors quand l'ami qui l'accompagne a décidé, en passant devant la chapelle, de s'y recueillir un moment. Il l'attend depuis trois ou quatre minutes quand, trouvant le temps long, il finit par pousser à son tour le portail de fer. Dans *Dieu existe, je L'ai rencontré*, André Frossard raconte comment en fixant son regard sur le deuxième cierge à gauche de la croix du maître-autel — « non pas le premier, ni le troisième » — se déclenche brusquement, deux minutes après son entrée, la « série de prodiges dont l'inexorable violence va démanteler en un instant l'être absurde que je suis et faire venir au jour, ébloui, l'enfant que je n'ai jamais été ». Jusqu'au paroxysme : l'évidence de Dieu. « Son irruption déferlante, plénière, s'accompagne, écrit le converti de dix-sept heures douze, d'une joie qui n'est autre que l'exultation du sauvé, la joie du naufragé recueilli à temps. »

Des conversions de ce genre, l'histoire des religions en est pleine : la foi est irrationnelle ou elle est fausse. Mais saint Anselme est convaincu du contraire. À ses yeux, le « chrétien doit aller à la foi par la raison » et non l'inverse. Je pense, donc je crois. Si on arrivait à Dieu par l'intelligence, ça se saurait.

La preuve de l'existence de Dieu par Anselme de Cantorbéry a divisé les philosophes pendant plusieurs siècles. À en croire la légende, elle l'a travaillé longtemps avant qu'il se résigne à l'écrire, et dans un état de grande fébrilité.

Selon sa définition, Dieu est « quelque chose de tel que rien ne peut se penser de plus grand ». Qu'il soit plus grand que tout signifie qu'il existe non seulement dans l'intellect mais aussi dans la réalité, car, s'il était limité à l'intellect, il ne serait pas infini, il ne serait pas Dieu.

Dans le *Proslogion* Anselme donne cet exemple : quand le peintre a un projet de toile dans la tête, elle n'existe pas encore, même si elle est dans son intellect. Quand il a donné le coup de pinceau final, elle est toujours dans son intellect mais, en plus, elle existe. Comme Dieu pour nous.

Pour dire les choses autrement, tout en paraphrasant saint Anselme, revisité par Hegel : si ce au-dessus de quoi rien de plus grand ne peut être pensé était seulement dans l'entendement et pas dans la réalité, ce serait alors un quelque chose au-dessus de quoi un autre quelque chose, de plus grand encore, pourrait être pensé. Car ce au-dessus de quoi rien de plus grand ne peut être pensé se trouve aussi bien dans l'entendement que dans la réalité.

La preuve de saint Anselme a connu un grand succès mais on ne voit pas bien à quoi elle l'a avancé ni en quoi elle a pu convaincre. Rien ne dit qu'elle ait élargi son sourire ou agrandi sa « joie pleine ». Il n'avait déjà pas la foi triste.

C'est pourquoi sa démarche peut paraître saugrenue. Pour ma part, on m'apporterait la preuve que Dieu n'existe pas, ça ne changerait rien, je continuerais à croire, avec la même foi du charbonnier.

Mais sa « preuve » du *Proslogion* a marqué, pour longtemps, l'histoire des idées.

11

Quand maman est morte, j'ai hérité de ses papiers philosophiques. Des centaines et des centaines de pages qu'elle avait remplies de sa belle écriture, élancée et régulière. À première vue, c'étaient des notes pour ses cours de philosophie au lycée d'Elbeuf, que j'ai suivis deux années de suite, mon échec au bac m'ayant contraint de redoubler la terminale.

Ma mère faisait face, avec cran, à des classes de plus de quarante élèves qui ne lui passaient rien, et il lui fallait avoir recours à tous les artifices de l'éloquence pour se faire entendre. Je me souviens qu'elle utilisait spontanément un vieux truc de tribun que m'avait, un jour, conseillé François Mitterrand : « Quand vous arrivez devant une assistance dissipée, chuchotez votre discours. C'est ainsi que vous rétablirez le silence. » Mais maman savait jouer aussi des aigus et des fausses colères. Elle usait de tous les registres.

La voyant faire, je ne doutais pas que le métier de professeur fût le plus beau métier du monde, mais je me disais que je ne serais jamais à la hauteur. Trop brouillon, trop impatient. Un mélange de fatalisme et d'insouciance guidait déjà mes pas de lycéen chrétien, surréaliste et obsédé sexuel, ces trois derniers adjectifs faisant de moi une sorte de double de Ferdinand Alquié (1906-1985), grand spécialiste de Descartes et du surréalisme, qui fut, avec Gaston Bachelard, l'un des maîtres de ma mère : elle avait tous ses livres et les consultait souvent si j'en juge l'état de délabrement dans lequel je les ai trouvés à sa mort.

Quand j'ai commencé à lire les notes de maman, vingt ans après les avoir récupérées, il m'est apparu qu'elles tournaient toutes autour de René Descartes (1596-1650), notamment de son *Discours de la méthode* ou de ses *Méditations*. J'en ai conclu qu'il s'agissait d'un projet de livre, ou bien de thèse. Je dois à la vérité de dire que j'étais déçu que maman ait consacré tant de sueur et d'encre à ce personnage, certes important dans l'histoire de la philosophie, mais qui m'a toujours hérissé, à tort ou à raison.

Pour avoir érigé la pensée en principe et convaincu des générations qu'on ne doit tenir pour vrai que ce qui ne peut être mis en doute, René Descartes est considéré comme l'un des fondateurs de la philosophie moderne. Tout maladif et diplomate qu'il fût, c'était quand même un sacré personnage. Un anti-conformiste qui a su tirer un trait sur le savoir des Anciens pour réinventer une connaissance universelle qu'il présentait comme une « science nouvelle ». Un homme complet, de surcroît, aussi à l'aise dans la métaphysique que dans l'arithmétique, l'astronomie, la mécanique, la vivisection ou la mondanité.

Maman disait : « Je préfère Kant mais c'est quand même Descartes le plus grand, à défaut d'être le plus sympathique.

— Un grand philosophe n'est-il pas nécessairement sympathique ? demandais-je.

— Il faut qu'il sache plaire. Sinon, il ne sera jamais entendu. »

Descartes a joué de sa belle intelligence, l'une des plus grandes de son siècle, usine à idées « claires et distinctes », qu'il a menée où il voulait, sans lésiner sur les méandres et les circonvolutions, pour éviter le sort qui, à la même époque, s'était acharné sur des personnages de son espèce comme Giordano Bruno, brûlé vif, ou Galileo Galilei dit Galilée, persécuté par l'Inquisition. Un malin.

Pour se lancer, il a tenté de nous refaire le coup de saint Augustin avec une illumination sous la forme de trois rêves divinatoires qui lui auraient ouvert les portes de la pensée moderne. Une histoire à dormir debout, c'est le cas de le dire.

Le 10 novembre 1619, à l'âge de vingt-trois ans, alors qu'il fuit les fantômes en rêve, il se retrouve dans un collège balayé par des vents violents où on lui apprend qu'un certain « Monsieur N » a quelque chose à lui donner.

Dans son deuxième rêve, il croit entendre un coup de tonnerre. Quand il se réveille, il aperçoit des « étincelles de feu » répandues partout dans la chambre. Métaphore de l'illumination...

Dans son troisième rêve, il trouve sur sa table de chevet une sorte d'encyclopédie scientifique, sans savoir qui l'y a placée, avant de découvrir entre ses mains un recueil de poésie. Quand il l'ouvre, il tombe sur ce vers : *Quod vitae sectabor iter ?* (« Quel chemin suivrai-je en la vie ? »).

Avec ces trois rêves, René Descartes s'est attribué une mission d'ordre sacré. De la part d'un mystique comme saint Augustin, c'était la moindre des choses. Mais de la part d'un philosophe qui se voulait rationnel, il y a quelque chose qui cloche.

Il ne manque plus, pour parachever le tout, qu'une apparition de la Sainte Vierge ou du Christ exhibant ses stigmates sanglants. Il est paradoxal, voire comique, de penser que René Descartes a entamé sa quête pour la raison par une histoire improbable, entre auto-suggestion et affabulation. Malgré les apparences, c'était aussi, entre autres talents, un farceur.

Bien plus digne de foi est l'illumination qui, le 23 novembre 1654, laisse Blaise Pascal pantelant et frissonnant avant qu'il ne parvienne à noter quelques mots sur un bout de parchemin retrouvé, après sa mort, cousu dans la doublure de son habit, à la hauteur du cœur. Notamment : « Certitude, certitude, sentiment, joie, paix... »

Mais, ce qui me gêne plus encore chez Descartes, c'est sa théorie stupide des animaux-machines. Contre l'évidence observée, quelques décennies plus tôt, par Montaigne dans son *Apologie de Raymond Sebond*, notre grand philosophe national n'accorde rien aux bêtes. Pas de conscience, bien sûr, mais même pas la moindre once de jugeote. Ce ne seraient que des automates. Des ramas d'organes, juste bons à manger ou à triturer, pour la bonne cause.

Il dissèque des veaux, des poissons et des chiens vivants, ce qui lui permet par exemple d'observer : « J'ai remarqué dans les chiens ouverts tout vifs, que leurs boyaux ont un mouvement réglé quasi comme celui de la respiration. » Il ne sort rien de ses expériences, mais qu'importe.

À en croire Descartes, les bêtes ne souffrent pas, elles n'éprouvent aucun sentiment. Ayant décrété que leur âme, étant mortelle, n'est pas de la même nature que la nôtre, il les réduit à un état mécanique, comme les horloges. On sourit en pensant aux moqueries dont l'aurait accablé Montaigne — mort quatre ans avant la naissance de Descartes — s'il avait pu lire les sottises du *Discours de la méthode* sur la question animale. Rien ne l'indisposait comme l'anthropocentrisme qui, nourri par la croyance religieuse, gonfle les chevilles de l'espèce humaine, et je ne parle pas de celles de Descartes dont la moindre des erreurs ne fut pas de s'être bien gardé, sa vie durant, de regarder une bête au fond des yeux. Il y aurait vu, comme chez nous autres, de l'amour ou de la peur.

Ma mère n'était pas révulsée comme moi par les divagations de Descartes sur les animaux-machines et ça me désolait. Pour un peu, elle lui aurait donné raison.

« Je te concède, disait-elle, que les humains sont aussi des animaux mais ils ont quelque chose en plus.

— Je ne crois pas que ça durera. Un jour, nous disparaîtrons et une autre espèce animale prendra le relais pour assurer le contrôle de la terre.

— On a le temps, mon chéri.

— Descartes est juste un gros nombriliste qui croit que l'histoire de l'univers s'arrêtera avec l'histoire de l'homme. Il n'a rien compris. »

Je me souviens que ma mère avait alors, contrairement à son habitude, utilisé l'argument d'autorité et clos la conversation en élevant la voix. Je ne sais plus bien ce qu'elle avait dit. Il me semble qu'il était question de Dieu, qui était la grande affaire de Descartes et celle de maman aussi.

On peut tourner la chose dans tous les sens et ergoter autant qu'on veut, Descartes-le-rationaliste est avant tout un enfant de saint Anselme, la « joie pleine » en moins. Un obscurantiste de la vieille école. Un anthropocentriste qui met l'homme au centre de tout et prend l'univers de haut.

Aujourd'hui, il eût été un créationniste horrifié par les dernières découvertes scientifiques. Il n'aurait jamais admis que l'homme soit un mammifère qui a fait son chemin. Un cochon par exemple. Ou même un singe bonobo qui, si l'on en croit son génome, est identique, pour 99 %, à l'être humain.

Il n'aurait pas davantage admis que l'« homo erectus », apparu sur terre il y a plus d'un million d'années, n'ait fait que suivre le mouvement lancé par les insectes et des bestioles bien plus minables en se vautrant dans cette frénésie sexuelle qui assurait déjà la reproduction des espèces quand nous n'existions pas encore. Comme tous les êtres vivants, les escargots ou les pigeons, nous sommes d'abord des machines à s'embrasser et, surtout, à copuler. Les hommes, en particulier.

Le médecin brésilien Drauzio Varella a tout dit sur l'avenir tragi-comique de l'humanité : « Dans le monde actuel, nous investissons cinq fois plus d'argent en médicament pour la virilité masculine et en silicone pour les seins des femmes que pour la guérison de la maladie d'Alzheimer. Dans quelques années, nous aurons des femmes avec des gros seins et des vieux à la verge dure, mais aucun ne se souviendra à quoi ça sert. »

12

Cinq siècles après sa mort, saint Anselme est revenu. Il s'appelle René Descartes, habite la Hollande et fait partie de la haute société.

De même qu'il a revisité le doute de Pyrrhon, devenu « doute méthodique », Descartes a repris à son compte l'argument de saint Anselme mais en le transformant : Dieu n'est plus Dieu parce qu'il est grand, mais parce qu'il est parfait.

Descartes prétend faire plus fort que saint Anselme, mais ses preuves de l'existence de Dieu, hélas pour sa démonstration, supposent comme prémisse l'idée de Dieu. Elles sont tout sauf irréfutables.

Le point de départ est le même que chez l'archevêque de Cantorbéry : il n'y a que Dieu qui peut avoir créé l'idée de Dieu ; le seul fait d'avoir cette idée en tête prouve donc que Dieu existe.

« Il n'y a pas moins de répugnance, écrit Descartes dans ses *Méditations*, de concevoir un Dieu (c'est-à-dire un être souverainement parfait) auquel manque l'existence (c'est-à-dire auquel manque quelque perfection) que de concevoir une montagne sans vallée. »

Quelques lignes plus loin, Descartes précise : « Toutes les fois qu'il m'arrive de penser à un être premier et souverain, et de tirer, pour ainsi dire, son idée du trésor de mon esprit, il est nécessaire que je lui attribue toutes sortes de perfections, quoique je ne vienne pas à les nombrer et à appliquer mon attention sur chacune d'elles en particulier. Et cette nécessité est suffisante pour me faire conclure (après que j'ai reconnu que l'existence est une perfection) que cet être entier et souverain existe véritablement. »

C'est le pendant métaphysique du *cogito*. Après le « Je pense, donc je suis », voici le « Je pense à Dieu, donc Dieu est ». On peut toujours ricaner, comme la grandiloquence cartésienne y inclinerait, il y a là une évidence qui, j'en suis sûr, crevait déjà les yeux de l'espèce humaine au temps de Neandertal quand elle se tournait vers le ciel pour y chercher espérance et consolation. Cette prétendue « preuve » pouvait suffire. Il était inutile à Descartes d'en ajouter une autre : il n'y a pas de perfection sans existence ; nier l'existence de Dieu, c'est donc nier la définition même de Dieu, qui est la perfection. On a du mal à comprendre, pour rester poli, par quel cheminement de la pensée cette affirmation constituerait une preuve de l'existence de Dieu. N'insistons pas.

Il n'y a finalement que Dieu qui échappe à l'esprit critique du philosophe. Dieu, Descartes lui-même et toutes ses théories scientifiques abracadabrantes sur la transmission instantanée de la lumière, sur la glande pinéale, « la plus intérieure » des parties du cerveau, qui serait le siège de l'âme, sur les prétendus tourbillons qui transporteraient la Terre autour du Soleil ou encore sur la circulation sanguine qui serait assurée, non pas par le cœur, organe passif, mais par un mouvement que provoquerait la pression du sang. Dilaté par la chaleur des parois des ventricules, celui-ci serait ensuite refroidi dans les artères.

La science n'est pas son fort. Il paraît qu'en lisant les chapitres consacrés à la physique dans *Principes de la philosophie* de Descartes, Newton écrivit en marge « *error* » à toutes les lignes ou presque avant de jeter le livre par terre, dans un accès de rage.

Descartes ne doute pourtant pas de sa science, qui a partie liée avec sa métaphysique. Il y a du scolastique en lui. Il affirme, il assène, il martèle. Dans sa vision du monde, Dieu est un socle au-dessus duquel trône notre espèce qui a pour particularité d'être plus parfaite que les autres. C'est ainsi qu'il établit un classement grotesque d'où il ressort que les pierres sont moins parfaites que les animaux qui sont eux-mêmes moins parfaits que les humains. Il n'éprouve au demeurant aucun sentiment d'infériorité devant le ciel et la terre qu'il considère, au contraire, comme des « dépendances » de sa nature.

Entre ma mère et moi, il n'y a jamais eu le moindre malaise. Sauf sur la religion. Sauf, surtout, sur Descartes. Alors que j'étais son élève en philosophie au lycée d'Elbeuf et qu'elle infligeait à ma classe des cours interminables sur le *Discours de la méthode*, je lui avais fait part, à plusieurs reprises, de ma détestation de son philosophe préféré. Elle refusait le débat.

« Tu ne comprends pas, tranchait-elle.

— Maman, je n'aime pas ce type. Il est tellement prétentieux. Tellement vaniteux.

— Non, il a simplement mis l'homme à la place où il doit être : au centre. »

Bien sûr, Descartes s'était réservé la meilleure place et entendait la garder. Contre toutes les contestations présentes ou à venir, et de préférence pas loin des cours royales, où il avait ses entrées, notamment auprès de la reine Christine de Suède ou de la princesse Élisabeth, fille de Frédéric, roi de Bohême, qu'il savait flatter. Il y a dans son œuvre quelque chose de fermé et de statique, un mélange de conservatisme, de componction et de grande raideur. « Je ne saurais aucunement approuver, écrit-il dans le *Discours de la méthode*, ces humeurs brouillonnes et inquiètes, qui n'étant appelées, ni par leur naissance, ni par leur fortune, au maniement des affaires publiques, ne laissent pas d'y faire toujours, en idée, quelque nouvelle réformation. »

Quand on dit de quelqu'un qu'il est cartésien, je le plains et je m'en méfie en même temps. Dès qu'on parle du cartésianisme du peuple de France, pays de Pascal et de Montaigne, j'ai de la peine pour lui. Ce mot signifie en effet esprit de système et complexe de supériorité, deux maux dont, si j'en crois la chronique, les Français seraient affectés.

Maman ne l'était pas. Au contraire, elle avait, comme moi, l'esprit en vrac. Elle donnait beaucoup, de surcroît, dans l'autodénigrement. Qu'elle se fût éprise de Descartes et de sa philosophie, j'ai mis des années à comprendre que c'était logique.

Il ne l'a pas séduite avec son pastiche de saint Anselme : rien ne pouvait ébranler la foi brûlante de maman ; elle n'avait pas besoin qu'on lui prouve l'existence de Dieu par des voies pseudo-rationnelles. C'est le caractère inflexible de Descartes qui l'a emballée. Il la rassurait.

Descartes ou le philosophe qui s'occupe de tout. Il ne pose aucune question, il apporte toutes les réponses. Avec sa haute idée de lui-même, il disait qu'il allait s'ennuyer après sa mort, à regarder le Père éternel pendant dix mille ans. Il ne lui est jamais venu à l'esprit que c'est le Père éternel qui allait s'ennuyer.

13

J'avais dix-huit ans quand j'ai commencé à faire le Kerouac. Après la lecture de *Sur la route*, son livre le plus célèbre, le roi des beatniks est vite devenu une sorte de grand frère. Mon modèle, mon héros. Dans sa foulée, j'ai joué au vagabond solitaire, dormi à la belle étoile, fumé des cigarettes à la marijuana, mais pas trop, parce que je n'en voyais pas l'intérêt, et bu comme un trou des hectolitres de vin rouge ou de bourbon avec de l'eau gazeuse au gingembre. J'en suis même arrivé, par mimétisme, à ne pas dessoûler plusieurs jours de suite.

Aussi catholique, alcoolique et lunatique que lui, j'ai écrit sur des rouleaux, à sa façon, deux ou trois des mauvais petits romans que j'enchaînais alors avec une frénésie de polygraphe graphomane, en suivant sa méthode de « littérature de l'instant », qui consistait à raconter ses expériences au fur et à mesure. J'ai également pastiché son réalisme débridé qui lui permettait, avec un style à nul autre pareil, de passer du récit délirant d'une virée nocturne à des considérations oiseuses sur les gens qui ont le cul sale et qui le traînent comme un remords toute la journée.

Un an avant sa mort, j'ai été un peu partout sur ses traces, aux États-Unis. À Denver, à San Francisco et, surtout, à Big Sur, qui a donné son titre au livre de Kerouac que je préfère. Big Sur ou l'Amérique originelle avec ses geais bleus, ses serpents à sonnette, ses loutres de mer, ses coyotes qui hurlent à la lune, ses baleines qui passent au large deux fois par an, et ses ratons laveurs qui, la nuit, farfouillent dans vos affaires. Sur ce rocher qui surplombe l'océan Pacifique, tout est titanesque. Le vent, le bonheur, les cuites et les vagues.

J'aurais pu regarder sans fin, du moins jusqu'à ma mort, le spectacle hallucinant du Pacifique qui, à l'approche du rivage, commence à faire le beau en moutonnant avant de se jeter, du haut de sa splendeur, sur la plage qu'il embrasse goulûment pour se fondre dedans, au milieu des giclées de foutre. Ces amours rugissantes de la terre et de l'océan me remplissaient d'une béatitude qu'amplifiait encore mon ivrognerie, si démente que j'étais vraiment devenu un personnage de Kerouac.

À ceci près que dans *Big Sur*, le roi des beatniks et des pochtrons n'est pas dans la béatitude. Il a fui New York et la célébrité pour essayer de se retrouver dans une cabane isolée, au milieu des bois, à Raton Canyon. Mais l'alcool et la folie l'ont rattrapé. Il lui semble que le Pacifique aboie tout le temps contre lui, « comme un chien », et que les énormes rochers noirs qui se dressent dans l'océan sont des « vieilles forteresses d'ogres ruisselant d'une fange liquide ».

Jack Kerouac a souvent des visions. Une nuit, il y a « cette Croix qui se détache, lumineuse, dans le noir », tandis que son cœur « vole vers elle » et que son corps tout entier « s'efface et la pénètre ». Moi-même, j'avais beau me pocharder, lors de mon premier pèlerinage à Big Sur, je n'ai jamais rien vu de ce genre. À force de me charger pour aller au bout de moi-même, je ne trouvais que du bonheur et de la « joie pleine », comme dirait saint Anselme. J'ai toujours eu le vin gai.

Il n'y a pas de mal à être pompette : la Bible est pleine de vin et célèbre ses bienfaits dès lors qu'il est consommé avec modération. Mais qu'est-ce que la modération ? J'ai toujours préféré suivre ce précepte de l'Ecclésiaste : « Ne vaut-il pas mieux manger et boire, et faire du bien à son âme des fruits de ses travaux ? Et ceci vient de la main de Dieu. »

Avec le temps, Jack Kerouac avait donné libre cours à ses penchants bouddhistes. Il prétendait s'oublier lui-même et, convaincu que « tout ce qui existe est extase », entendait appliquer ses méditations « à la libération, à l'éveil et à la sanctification de toutes les créatures vivantes ». Il en venait à ne plus fréquenter que des chiens et des chats en attendant la nuit pour guetter les innombrables Bouddhas qui se cachaient dans la lumière de la lune. Dans *Les clochards célestes*, il écrit : « Je me sentais aussi confit qu'un fruit au sucre, et certainement plus heureux. » Autant dire que son bouddhisme avait quelque chose de bêta et de comique. Rien n'a jamais échappé à son esprit sarcastique, même pas ses dieux.

Quand je revins de mon périple américain sur les pas du roi des beatniks, j'étais bouddhiste, mais à la mode Kerouac. Il m'arrivait souvent de citer les paroles de Bouddha que reprennent les quatre cent vingt-trois versets du *Dhammapada*. Celles-ci, par exemple :

Il se réjouit dans cette vie, il se réjouit après sa mort
L'homme de bien partout se réjouit.
Il connaît la joie, il déborde de joie devant la pureté de ses actes. »

Si maman fut marrie de mon bouddhisme, elle eut en tout cas l'intelligence de n'en rien laisser paraître, jusqu'au jour où elle me dit négligemment : « Si tu te sens panthéiste, tu devrais lire Spinoza. Contrairement à Kerouac, il ne s'arsouillait pas tout le temps, mais ce n'est pas mal quand même. »

14

À la maison, il n'y avait pas de livre de Spinoza (1632-1677). Non pas qu'il fût interdit : ce n'était pas le genre de ma mère d'interdire des lectures. Elle le considérait simplement comme un philosophe secondaire. Un panthéiste, ce qui, dans sa bouche, n'était pas à proprement parler une insulte mais voulait dire dépassé, sinon ringard.

Très porté sur le panthéisme, j'ai donc acheté *L'éthique* de Spinoza chez un libraire d'Elbeuf et sa lecture fut un des grands chocs de ma vie. À dix-huit ans, je découvrais dans un livre tout ce que j'avais toujours cru sans le savoir. Je lisais mes propres pensées, que j'aurais été bien incapable de formuler. J'étais bouleversé.

Contrairement à Descartes, Spinoza réintègre l'espèce humaine dans la nature. C'est l'anti-Narcisse. Le déconstructeur de l'anthropomorphisme qui conçoit Dieu à l'image de l'homme. Le mauvais esprit ricanant d'une humanité qui, jusque-là, s'encroyait. Aujourd'hui encore, il y a quelque chose de délicieusement sulfureux dans son œuvre pour qui prend la peine d'entrer dans sa prose monotone.

Totalement dépourvu de cette ironie qui éclaire, par exemple, les livres de Frédéric Nietzsche, il écrit triste. Parfois, il semble même correspondre à la définition de la philosophie selon Ambrose Bierce : « Itinéraire composé de plusieurs routes qui mènent de nulle part à rien. »

Mais Spinoza est une sorte de miracle philosophique : avec sa pensée humble et lente en cercles concentriques, il tourne, jusqu'à la toucher par moments, autour de cette vérité du monde qui s'éloigne dès lors qu'on croit l'avoir trouvée.

Descartes construit son système en regardant le monde avec ses yeux d'homme. Spinoza fait l'inverse : il regarde l'homme avec les yeux de Dieu dont notre espèce n'est qu'une infime parcelle.

Comme Descartes cependant, Spinoza reprend l'argument de saint Anselme. Dans le scolie de la proposition XI de la première partie de *L'éthique*, il écrit : « La perfection [...] d'une chose n'ôte pas l'existence, mais au contraire la pose ; c'est son imperfection qui l'ôte ; et ainsi nous ne pouvons être plus certains de l'existence d'aucune chose que de l'existence d'un être absolument infini ou parfait, c'està-dire Dieu. Car, puisque son essence exclut toute imperfection, et enveloppe la perfection absolue, par là même elle ôte toute raison de douter de son existence et en donne une certitude souveraine. »

Ce n'est évidemment pas convaincant. C'est la suite, autrement dit sa définition de Dieu, qui est passionnante. Dès l'appendice de la première partie de *L'éthique*, il écrit ainsi que « tout est en Dieu ».

En quelques jours de lecture compulsive, Spinoza est devenu un ami et son Dieu Univers, le mien. Je ne peux pas affirmer que ce Dieu est celui des chrétiens mais je ne peux pas dire non plus le contraire. Le philosophe est certes demeuré plus fidèle que les autres pasticheurs de saint Anselme à l'argument du *Proslogion*, mais rien ne prouve que le Dieu dont l'archevêque de Cantorbéry prétend avoir établi l'existence soit bien le Dieu de la foi catholique. Son caractère infini permet même d'en douter sérieusement.

Spinoza a tranché avec une formule qui résume toute son œuvre : *Deus sive natura* (« Dieu, c'est-à-dire la nature »). Le Très-Haut n'est plus le créateur du monde mais la substance et la cause immanente de tout. Il est nous et le reste. Il n'y a plus d'ordre ni de hiérarchie, mais une dynamique et, pour les êtres humains, une quête de la perfection, chacun étant mû par une nécessité naturelle. L'homme n'est plus un État dans l'État ; c'est un rien, mélangé à l'univers.

Pour Spinoza, le monde est une sorte de

grande soupe où tout se fond. S'il a prouvé Dieu, dans la foulée d'Anselme, Spinoza l'a liquidé en même temps : étant partout, Dieu n'est nulle part, on ne peut pas l'identifier. Il est à la fois cosmopolite, œcuménique et protéiforme. Il est moi, il est toi, il est l'air que nous respirons et le gazon sur lequel nous marchons.

Rien qu'en lisant le pensum de Spinoza dans la chambre glacée de la ferme de mes parents, je me sentais aussi grisé qu'en parcourant, bourré, le récit drolatique des vagabondages de Kerouac sur le lieu même de ses folies, à Big Sur, caressé par le vent du soir et bercé par le ronflement des vagues.

« Tout est vide et vivant », affirmait Kerouac qui, au lieu de les tuer, nourrissait les souris de fromage et de chocolat. « Tout est dans tout », assurait Spinoza qui adorait donner des mouches à manger aux araignées.

L'un, voyageur impénitent, cherchait à comprendre le monde en avalant la mer et les poissons. L'autre, sédentaire patenté, essayait de découvrir la vérité au fond de son verre d'eau.

Entre les deux, j'étais comme l'âne de Buridan. Je ne pouvais pas trancher.

15

Un jour, j'ai annoncé à ma mère que j'étais spinoziste, mais spinoziste tendance Kerouac. Je l'avais déjà beaucoup déçue en ratant mon bac la première fois. Elle sembla soulagée :

« Bonne nouvelle, tu vas peut-être boire un peu moins. Mais est-ce que ça veut dire que tu ne crois pas en Dieu ?

— Bien sûr que si, je crois en Dieu, le Dieu spinoziste qui réunit tous les autres.

— Le Dieu spinoziste, je ne sais pas ce que c'est.

— C'est nous tous, c'est le cosmos, dis-je.

— Tu reconnaîtras que c'est un concept très flou et très mou.

— Maman, je crois en ce Dieu-là.

— C'est bien ce que je pensais. Le spinozisme n'est pas une doctrine, mais une religion attrape-tout, sans épine dorsale. Parle-moi franchement. Tu n'es plus catholique ?

— Plus que jamais, maman. Mais je suis aussi bouddhiste et surréaliste. »

Je ne crois pas avoir employé d'autres adjectifs. À l'époque, ma culture était plus littéraire que religieuse. Aujourd'hui, j'ajouterais : taoïste, zoroastrien, hindouiste, animiste, épicurien, soufiste, luthérien, et Dieu sait quoi d'autre.

« Tu penses ce que tu veux, reprit-elle, mais ne me dis pas que *L'éthique* est un grand livre.

— Si, c'est un grand livre modeste.

— Modeste, mais tu plaisantes ! Spinoza est tellement dogmatique qu'il a construit son livre comme un traité de géométrie avec des axiomes ou des corollaires. Comment peut-on encore parler de Dieu comme ça ? En plus, excuse-moi, il faut s'accrocher : sa langue est aussi tarabiscotée que sa doctrine. »

Spinoza se mérite, c'est sûr. Mais je lui passe tout, ses amphigourismes et ses postures de géomètre, parce que je l'aime. J'aime quand il exalte la joie de l'homme qui se met au service de sa propre utilité. Ou quand il écrit que la sagesse passe par la volonté de créer une société meilleure, prétend qu'on ne parvient à la béatitude qu'en comprenant la nécessité des choses, décrète que nous formons la même substance, nous les humains, les oiseaux, les montagnes et les fourmis, ou qu'il tient tête aux rabbins de la synagogue d'Amsterdam qui, en 1656, l'ont excommunié pour déviance religieuse caractérisée et répétée.

Leur sentence fait froid dans le dos :

« Par le jugement des Anges et la sentence des Saints, nous anathémisons, exécrons, maudissons et rejetons Baruch de Espinoza avec le consentement de D. Ben et à l'unanimité, à la face des Saints livres aux six cent treize préceptes, et nous prononçons contre lui la malédiction de Josué à Jéricho, et la malédiction dont Élisée a maudit les enfants, et toutes les malédictions écrites au Livre de la Loi.

« Qu'il soit maudit le jour et maudit la nuit, maudit à son coucher et maudit à son lever, maudit à son entrée et maudit à sa sortie.

« Que le Seigneur ne lui pardonne et ne le reçoive jamais, mais que la colère et l'indignation du Seigneur soient dorénavant allumées contre cet homme pour l'accabler de toutes les malédictions écrites au Livre de la Loi, et pour effacer son nom de tous les Cieux [...].

« Tous sont donc prévenus de n'avoir aucun rapport avec cet homme, ni en paroles ni par écrit; que personne ne l'assiste, que personne ne demeure sous le même toit que lui, que personne l'approche à plus de quatre coudées et que personne lise aucun document écrit de sa main ou dicté de sa bouche. »

On ne connaît pas vraiment les raisons de cette sentence mais il fallait que Spinoza fût bien subversif pour être condamné de la sorte, à l'âge de vingt-trois ans. Il semble qu'après avoir envisagé de devenir rabbin il ait tourné un moment autour du christianisme. Mené par un esprit critique hors du commun, aiguisé par l'initiation au latin et la lecture de Descartes, ce démystificateur n'avait peur de rien, pas même des Saintes Écritures qu'il a osé éplucher et critiquer, comme s'il s'agissait d'un texte profane. Après la malédiction, il s'ingénia simplement à se faire tout petit et à raser les murs pour ne pas réveiller la colère des prédicants malfaisants d'Amsterdam.

Soucieux de ne pas déranger son époque, il vécut le reste de sa vie en solitaire, pratiquement retranché du monde, en pensant, en écrivant et en polissant des verres d'instruments d'optique, travail où il excellait et qui lui assura sa pitance. Ce juif renégat, fils d'immigrés hispano-portugais installés en Hollande, était comme le Christ, toutes proportions gardées. Un scandale vivant. Une vérité à enclouer. Une pustule à crever. Sauf que, contrairement à Jésus, Spinoza ne demandait rien à personne et que les crétins, ce qui fait toujours beaucoup de monde, lui cherchaient quand même querelle.

Inquiet d'une cabale de théologiens et, selon sa propre expression, d'« imbéciles cartésiens » qui passaient pourtant pour lui être favorables, il a décidé de renoncer à la publication de *L'éthique* deux ans avant de mourir. Il n'a finalement publié que deux livres de son vivant, l'un, signé de son nom (*Principes de la philosophie de Descartes* suivi de *Pensées métaphysiques*), l'autre sous anonymat (*Traité théologico-politique*). Quand le célèbre

Leibniz est venu lui rendre visite, un an avant sa mort, ce fut incognito, pour ne pas s'attirer d'ennuis.

Depuis, son nom résonne dans tous les hémisphères. Il n'y a plus guère que Socrate, Aristote et Platon pour lui faire de l'ombre, et encore.

16

Maman avait donc deux passions, en dehors de sa famille : Kant et Descartes. J'ai de la peine en pensant qu'elle a perdu tant de temps à gloser sur le second, mais je ne la remercierai jamais assez de m'avoir fait découvrir le premier. Il m'a lavé la tête, il m'a empêché, par la suite, de tomber dans le dogmatisme.

Je me souviens encore de l'expression et de la posture solennelles de ma mère quand elle m'avait donné à lire *Critique de la raison pure.* Elle avait croisé les bras sur le livre qu'elle serrait contre son cœur et elle s'était inclinée, comme une petite révérence, avant de me le remettre dans les mains. C'était à la fin de ma première.

J'avais déjà un plan de vie. Je fomentais de devenir écrivain, un grand écrivain touche-à-tout, vaguement maudit, à la Kerouac, et de donner des cours de philosophie pour assurer ma pitance. Emmanuel Kant (1724-1804) a tout changé. Après la lecture de la *Critique de la rai-*

son pure, il m'a semblé que la philosophie était devenue une tâche surhumaine. Une discipline sur le fil, pour casse-cou, où il fallait mettre toutes ses forces si l'on ne voulait pas mordre la poussière. J'avais peur qu'en m'y consacrant, fût-ce pour remplir la marmite, il ne me restât plus de jus pour mon œuvre littéraire, que le monde entier attendait. Je n'avais pas encore abaissé le niveau de mes prétentions.

C'est aussi à cause de Kant que j'ai été si rétif aux idéologies de ma génération, le trotskisme ou le communisme. Même quand elles m'attiraient, sa figure tutélaire m'empêchait de tomber dedans. C'est le démolisseur des utopies, l'exterminateur des idées reçues, le coupeur de cheveux en huit, le professionnel du mauvais esprit.

Dans la *Critique de la raison pure*, je retrouvais l'argument de saint Anselme, repris par Descartes. Emmanuel Kant l'anéantit en moins de temps qu'il ne faut pour l'écrire : tout ce qui se conçoit, note-t-il, n'existe pas nécessairement. Quelques phrases seulement lui suffisent pour en finir avec ces pseudo-preuves de l'existence de Dieu qui ont rempli avant lui tant de pages d'ouvrages plus ou moins savants.

La plus célèbre : « Je suis plus riche avec cent thalers réels qu'avec leur simple concept (c'est-à-dire qu'avec leur possibilité). » La plus nette : « Si je conçois un être à titre de réalité suprême (sans défaut), il reste toujours à savoir, pourtant, si cet être existe ou non. » La plus cruelle : « On ne deviendra pas plus riche en connaissances avec de simples idées qu'un marchand ne le deviendrait en argent si, dans la pensée d'augmenter sa fortune, il ajoutait quelques zéros à son livre de caisse. » La plus définitive : « On ne se serait jamais hasardé dans cette voie, si la raison n'avait senti le besoin d'admettre pour l'existence en général quelque chose de nécessaire [...], et si elle n'était forcée, cette nécessité devant être inconditionnée et certaine *a priori*, de chercher un concept qui, autant que possible, satisfît ce besoin, et fît connaître tout à fait a *priori* une existence. »

Kant ou le dernier philosophe. Là où il passe, la métaphysique trépasse : selon lui, en vingt siècles d'existence, elle n'a rien produit de bon alors qu'en quelques décennies seulement des sciences comme la physique ou la chimie ont établi des vérités irréfutables. C'est qu'elles se sont, elles, attaquées au réel, alors que la philosophie s'est épuisée à échafauder des théories creuses, avec une fausse rigueur conceptuelle, à partir de principes qu'elle s'est souvent gardée de confronter à l'épreuve de l'expérience.

Je sais qu'il est de bon ton de se gausser de Kant, père peinard de la philosophie, atteint de chronocisation, enfermé toute sa vie dans une prison de règles et de rituels. Rien que de penser à ses journées insipides de vieux jeune homme souffreteux, je suis pris de bâillements en écrivant ces lignes. Il exsude le conformisme, il inspire l'ennui. C'est « Monsieur Tateminette ».

Il y a pourtant en lui une puissance, une ténacité, une véhémence contenue qui forcent l'admiration. Kant est un déconstructeur et, longtemps après sa mort, la métaphysique ne s'est pas encore vraiment remise de son passage sur terre. Avant Nietzsche, il pratique la philosophie au marteau. Au détail près que l'acier de son outil ne fait pas de bruit.

Avec sa haine de la pensée dogmatique, Kant, fondateur du criticisme, insuffle dans le monde des idées une sorte d'intranquillité qui n'a pas vieilli. Je pouvais comprendre que maman, une lunatique comme moi, mais qui cherchait à se soigner, préférât le monde clos de Descartes, où les affaires sont bien rangées, mais je ne dissimulerai pas que ça m'attristait. Il n'y a pas de comparaison possible entre l'intelligence en mouvement de *Critique de la raison pure* et le ton compassé du *Discours de la méthode*.

Ennemi de l'esprit de système, Kant avait l'avantage, aux yeux de maman, de n'être pas un philosophe exclusif. Il ne m'a jamais semblé contradictoire avec mon spinozisme. Il ne l'était pas davantage avec le cartésianisme maternel.

La dernière fois que nous avons parlé philosophie, maman était sur son lit d'hôpital, rongée par un cancer devant lequel elle refusait de capituler. Alors que la mort approchait à grands pas silencieux, avec ses mauvaises odeurs et ses relents d'éther, elle a voulu reprendre, pour la clore, la conversation que nous avions eue si souvent :

« Qu'est-ce que tu m'auras embêtée avec Descartes ! dit-elle.

— Ce n'était pas un philosophe digne de toi.

— N'en parle pas au passé. Il n'est pas de jour où je ne pense à lui.

— Mais qu'est-ce que tu lui trouves ?

— J'ai toujours aimé ses certitudes. Mais comme il en avait trop, il me fallait un antidote. C'est pourquoi je suis toujours revenue à Kant. »

J'étais rassuré. Si je me souviens bien, il y eut ensuite un long silence paralysant, un silence de veillée funéraire, puis maman a dit, avec le beau sourire christique des malades au stade terminal :

« Enfin, ce n'est que de la philosophie. Notre grande affaire à nous tous, c'est quand même Dieu, n'est-ce pas ? »

17

Descartes n'a jamais essayé de prouver sa propre existence qui, après tout, pouvait être sujette à caution. Pourquoi, alors, s'est-il échiné à prouver celle de Dieu ?

Les philosophes se sont ridiculisés chaque fois qu'ils ont essayé de prouver l'existence de Dieu. Une hécatombe qui a fauché les plus grands d'entre eux, de Descartes à Hegel, en passant par Leibniz.

Dieu ne se prouve pas : comme je l'ai déjà dit, il se vit, il se respire, il se boit. Pour le vérifier, il n'y a qu'à regarder plus loin que le bout de son nez, se pencher ou s'agenouiller, on tombera toujours sur lui.

Il est donc heureux que la philosophie ait abandonné la métaphysique et la question de Dieu pour des sujets plus triviaux, laissant le Tout-Puissant aux saintes et aux saints, laïcs ou pas, qui en parlent si bien, avec une force et une poésie de l'autre monde. Avec eux, au moins, on n'est jamais déçu.

La philosophie a perdu en majesté ce qu'elle a gagné en crédit. Elle est retournée aux sources, elle ne se mêle plus que de ce qui la regarde : il y avait quelque chose de pathétique à l'observer se tortiller pour percer des mystères qui la dépassaient comme ils dépassent encore aujourd'hui les scientifiques de toutes obédiences.

Quand, en 1882, dans *Le gai savoir*, Nietzsche claironne la mort de Dieu, il a évidemment raison. Mais il s'agit du vieux Dieu chrétien des philosophes. Pas du vrai. Nuance. C'est pourquoi ce n'est pas un événement si considérable.

Certes, Nietzsche peut soutenir à bon droit mais avec mauvaise foi que la nouvelle a soulagé tout le monde et que « notre cœur en déborde de reconnaissance, d'étonnement, de pressentiment, d'attente — l'horizon nous est enfin redevenu libre même s'il n'est pas limpide ». Mais bon, ça ne prouve rien.

L'autre Dieu, celui qui nous habite, celui de toutes les religions, est, pour sa part, plus vivant que jamais. Il se mélange au vent, secoue les forêts, s'insinue sous les mousses, s'égaie dans les rivières, rit dans les fontaines et remplit nos veines. Il ne cesse de nous donner des preuves de son existence, au point que nous croulons sous celles-ci, de la nuit veloutée qui nous appelle au brin d'herbe en train de s'étirer, tout tremblant, vers le ciel.

Ne courez pas, regardez sur quoi vous marchez, vous risqueriez de l'écraser. Ne criez pas et tendez vos oreilles, vous entendrez, derrière les bruits de la civilisation, un bourdonnement d'échos et de murmures, cette rumeur du monde que j'appelle la voix de Dieu et qui nous arrive par une infinité de bouches.

J'entends déjà les ricanements de la maréchaussée qui sert les intérêts du cynisme et de la cupidité, les deux vraies idéologies de nos sociétés modernes. Ce ne serait là que du panthéisme, c'est-à-dire de la bêtise pure et simple.

J'assume. Je suis bête et je me sens bête comme l'animal de boucherie que notre espèce, après s'être elle-même entre-tuée, éventre, dépèce et engloutit sans fin, jamais rassasiée, la panse pleine de jus de sang qui lui remonte jusque dans les trous de nez. Je me sens bête comme le martinet ou l'hirondelle qui, dans le ciel, dessine en nageant d'immenses arabesques. Je me sens bête comme le papillon en suspens, apparemment en prière, devant la fleur qui s'offre, toute palpitante, à son désir.

Je me sens bête et j'en suis fier parce que c'est la meilleure façon de recevoir pour mieux donner. Le fiasco des philosophes à la Descartes l'a bien montré : Dieu n'est pas un concept, mais une expérience, du vécu, du brutal qu'on a moins de chances de trouver dans les livres que n'importe où sur la terre, au milieu de grands hêtres gonflés de soleil et débordants de joie ou devant un étang, gorgé de vie grouillante qui, tout en fumant de brume matinale, frémit sous le passage des libellules.

C'est une vérité que notre monde a fini par oublier, mais je ne me lasserai jamais de la répéter : pour voir la lumière de Dieu, il suffit d'éteindre les néons, les lampes halogènes et les éclairages urbains. Sans oublier de fermer le poste de télévision. Après ça, le ciel, la mer ou la nature nous sont moins étrangers.

18

Il n'y a pas de honte à être chrétien. À cause du Christ sur la Croix et du Nouveau Testament, je le serai de toutes mes forces jusqu'à mon dernier râle, quand j'aurai le teint persillé et la peau moisie, mais rien ni personne ne m'empêchera de clamer à la face des mauvais coucheurs que mon christianisme est un taoïsme, comme il est aussi un bouddhisme, un judaïsme, un soufisme, un hindouisme, un animisme ou un épicurisme.

Je prie mon Dieu dans les églises, mais je peux tout aussi bien me recueillir dans une synagogue, une mosquée, un temple ou au sommet d'une colline, ce que j'ai souvent fait, au hasard de mes voyages. Pour ce faire, je n'ai pas attendu de lire, sur le tard, hélas, les extraordinaires travaux de Salomon Reinach (1858-1932) qui, dans *Orpheus* ou *Cultes, mythes et religions*, établit des liens du paganisme au christianisme et montre les imbrications entre toutes les croyances religieuses.

Retranché de Dieu et apôtre de toutes les religions, Salomon Reinach est un personnage aussi considérable que méconnu, et qui mériterait d'être déterré. Mais il est vrai qu'il ferait beaucoup d'ombre aux fausses valeurs statufiées qui encombrent le paysage intellectuel. D'une érudition sidérante et polymorphe, il n'a pas son pareil pour dénicher, par exemple, une filiation entre le totémisme et l'Eucharistie ou révéler l'influence du bouddhisme sur le christianisme du Moyen Âge.

Coïncidence, résonance, correspondance : l'histoire des religions tourne en boucle comme celle de la philosophie. Les prophètes et les saints se nourrissent les uns les autres, au point que leurs itinéraires en viennent, parfois, à se confondre.

Salomon Reinach est à l'affût des bégaiements de l'Histoire dont le moindre n'est pas cette illumination de Bouddha qu'on retrouve à travers les siècles dans le christianisme.

Au VIe siècle avant Jésus-Christ, la vie du prince Siddharta a basculé après qu'il eut croisé dans la même journée un vieillard aux portes de la mort, un lépreux ou, selon d'autres versions, un homme atteint par la peste, puis un cadavre mené au bûcher : convaincu de la vanité de ce monde, il a décidé de tout quitter, son royaume, sa femme et ses enfants, pour se mettre au service de la Vérité et porter partout la bonne parole de ce qu'on appellera le bouddhisme.

Dix-sept siècles ou presque plus tard, la même chose arrive à François d'Assise, noceur invétéré et fils d'un riche marchand de drap. Sa grande ambition est d'être adoubé chevalier pour devenir noble. Jusqu'à ce que, lors d'une promenade, le destin le mette en face d'une bossue, puis d'un lépreux qui lui ouvrent les yeux à Dieu. Comme le jeune homme riche de l'Évangile, il abandonne alors ses biens ou, pour être plus précis, vend, pour restaurer une chapelle et redistribuer l'argent aux pauvres du coin, les superbes étoffes de son père qui lui intentera un procès.

Entre-temps, au IIIe ou au IVe siècle après Jésus-Christ, le prince Joasapha, fils du roi indien Abenner, grand massacreur de chrétiens, se serait converti après s'être retrouvé devant un lépreux, un aveugle, puis un moribond. Il aurait ensuite gouverné le pays avec l'aide de son maître, l'ermite Barlaam, avant d'abdiquer pour se retirer du monde. Il n'y a aucune preuve de l'existence de ce saint chrétien, fêté le 27 novembre, qui ressemble étrangement à Bouddha. Il est donc permis de se demander si l'Église n'a pas tenté, en canonisant ce personnage incertain, de récupérer une partie au moins de la légende bouddhiste.

Je n'insisterai pas sur les similitudes entre Moïse et Mahomet qui a repris les principales fonctions du premier, à commencer par celle de porte-parole de Dieu : tout a été dit là-dessus, les ressemblances crèvent les yeux.

Même si j'ai choisi Jésus, je défendrai toujours toutes les religions, y compris contre elles-mêmes. Elles sont comme les étoiles qui peuplent la nuit. Elles naissent, grossissent, se mélangent, et puis meurent. Quand elles illuminent le monde, ce n'est jamais pour l'éternité, contrairement à ce que croient les dévots et les cagots, mais toujours d'autres viennent prendre la suite, après leur mort, de sorte que l'espèce humaine ne reste jamais dans l'obscurité.

19

Il y a des jours et des nuits où Dieu passe et nous emmène. Une caresse du vent dans les cheveux, un frémissement au fond du cosmos, un soupir de bonheur qui monte de la mer, des arbres qui poussent des cris d'oiseaux.

Souvent, c'est devant un ciel étoilé que l'événement se produit : par exemple, en regardant avec des enfants les trois « Belles de l'été », Véga dans la Lyre, Deneb dans le Cygne et Altaïr dans l'Aigle. À force de les observer, tremblantes dans leur noir, on finit toujours par se laisser aspirer. C'est comme si les profondeurs de l'univers buvaient notre sang jusqu'à la dernière goutte. Il me faut toujours beaucoup de temps pour revenir sur terre et me remettre de mon voyage dans les plaines célestes. Quand je suis de retour ici-bas, j'ai le sentiment qu'il me manque quelque chose, mais que je le retrouverai un jour.

Quitte à passer encore pour un imbécile, je

dois confesser qu'il m'est arrivé, à plusieurs reprises, de mourir à Dieu.

La première fois, ce fut en Algérie, il y a longtemps, quand j'étais encore dans ma période beatnik. Je traversai le pays en direction de Ghardaïa, aux portes du Sahara, nourri, logé et transporté dans les deux sens du mot par des paysans musulmans et hospitaliers qui semblaient sortir d'un vieux conte arabe. J'étais si plein de leur bonté et de leur beauté que je me sentais en harmonie avec le monde, au point qu'en arrivant à destination, par une nuit remplie de gouttes de lumière, je crus entendre monter du désert un murmure qui m'arracha les larmes. Le souffle éternel. La voix de Dieu.

La deuxième fois, ce fut en Égypte, alors que je visitais le temple d'Edfou, sur la rive gauche du Nil, à une centaine de kilomètres au sud de Louxor. Construit entre 237 et 57 avant notre ère, il fut d'abord consacré à Horus, le dieu faucon, fils d'Osiris et d'Isis, garant de l'harmonie universelle. À l'époque chrétienne, il fut transformé en église, mais garda ses deux salles avec chacune douze colonnes représentant les douze heures diurnes et les douze heures nocturnes.

C'est là, devant une grosse colonne hachurée par un rayon de soleil, que je fus frappé par un mélange de sidération et d'éblouissement. Je me retrouvai dépouillé, incapable de prononcer un son, tandis que mon visage se couvrait de larmes. J'avais l'impression d'être gonflé, enfin, de cette « joie pleine » que célèbre Anselme de Cantorbéry. Un ravissement jubilatoire, un bonheur infini.

Je n'ai rien à voir avec ces belles personnes qui ont vu des choses ou entendu des voix. J'étais un simple croyant à la porte duquel Dieu a frappé. Il n'est pas entré, on ne s'est pas parlé, mais en sortant du temple d'Edfou, ce jour-là, j'étais fourbu, fiévreux, plein de courbatures, comme quelqu'un qui vient de vivre quelque chose de surhumain.

Une autre fois, je me trouvais à errer avec une bande d'amis dans la forêt de temples de l'ancien royaume de Pagan, en Birmanie. Un vent tiède bourdonnait aux oreilles et je crois qu'il compta beaucoup dans ce qui m'arriva ensuite. L'air était mou et grisant comme du vin. Je marchais droit, mais, comme chaque fois que j'ai trop bu, j'avais envie d'embrasser le monde entier, les gens, les feuilles et les pierres.

Pagan a été fondé en 1057 par le roi Anawrahta qui, après sa conversion au bouddhisme, le couvrit de temples. Jusqu'à la chute du royaume, deux siècles plus tard, ils ont poussé partout, dans un élan désordonné sur plusieurs dizaines de kilomètres carrés. Il y en a de toutes sortes : des grands, des superbes, des miniatures et des franchement moches. Aujourd'hui, on en compte deux mille.

Ce jour-là, j'étais devenu très bouddhiste. Sans doute à cause du vent dont j'ai parlé. J'allais d'un temple à l'autre, dans un état de grande fébrilité, priais un peu, repartais pour le suivant. Souvent, je m'arrêtais au sommet pour contempler le paysage, tout entier consacré à la foi. À l'horizon, le soleil se couchait dans un grand lit de sang en faisant des éclaboussures qui montaient jusqu'aux nuages.

Juste avant de terminer la visite, j'entrai avec un ami dans un temple plus modeste que les autres. L'intérieur ressemblait à une grotte, les murs noircis par les fumées de bougies qui, depuis des siècles, clignotaient doucement, à flamme basse. Trois pauvres diables priaient comme des saints dans leur niche face aux lumières qui dansaient sur leur visage.

C'était une famille : le père, tout effrité, comme saigné à blanc, la peau sur les os ; la mère, la tête en porcelaine, fendue de partout ; le fils, un mort vivant, juste bon pour le lit d'agonie sur lequel il se jetterait bientôt, c'était écrit dans ses yeux enfoncés très profondément dans leurs orbites. Leurs carcasses étaient fourbues, mais débordaient de « joie pleine ». De leur ramas de chairs dévastées, il émanait une force et un bonheur incroyables. Rien ne pourrait jamais les ébranler.

Mes jambes flageolaient mais le vent n'y était

plus pour rien : une autre ivresse m'emportait. J'avais envie de m'agenouiller devant eux, ces preuves vivantes de l'existence de Dieu, des preuves bien plus convaincantes que l'argument de saint Anselme. Je retardais le moment par crainte des réactions de mon ami qui était de nature ricanante. Quand je vis qu'il était lui-même ému, je tombai sur mes genoux pour réciter le « Notre Père ».

J'aurais aimé connaître leurs prières. Ces trois malheureux étaient radieux ; en rupture avec les peines et les souffrances, ils semblaient les incarnations vivantes de l'un des plus beaux textes sacrés que je connaisse, une définition de Dieu par Bouddha, quelque temps avant sa mort : « Il n'existe dans tous les univers, visibles et invisibles, qu'une seule et même puissance, sans commencement, sans fin, sans autre loi que la sienne, sans prédilection, sans haine. Elle tue et elle sauve sans autre but que de réaliser le Destin. La Mort et la Douleur sont les deux navettes de son métier, l'Amour et la Vie en sont les fils. »

Quand nous sortîmes, la nuit était tombée sur les temples de Pagan. Un manteau d'hermine éclairé par la lune, blanche comme un soleil d'hiver. Je frissonnais, étourdi et secoué. Il me semblait que je revenais du cœur battant du monde.

Un an plus tard, j'ai éprouvé la même sensation devant un feu rouge, à Jaipur, au Rajasthan. Un homme d'une élégance certaine, avec une tête de commerçant affable, mangeait sur le trottoir un *nan*, une de ces galettes indiennes à se damner. Il le mangeait devant une vache à laquelle il donnait des morceaux tout en lui faisant la conversation. Il en jetait aussi au singe, au chien et au cochon qui, dessous, attendaient leur tour. Apparemment, aucun n'était lésé, le partage était équitable.

Je n'ai pas pu rester longtemps à regarder le spectacle : derrière nous, les voitures klaxonnèrent dès que le feu passa au vert. Depuis, l'image de ces cinq frères et sœurs, comme aurait dit François d'Assise, n'a jamais cessé de me poursuivre. L'image de l'harmonie éternelle et de la fraternité retrouvée avant que ne viennent les troubler de nouveau les luttes et les fureurs du monde. Chaque fois que j'y pense, ce sont les mêmes coulées de « joie pleine » qui me submergent.

De tous ces moments, il ne reste que de la nostalgie et, après avoir écrit ces lignes, j'ai l'impression d'avoir trahi quelque chose d'important, quelque chose qui aurait dû rester secret. Ce sont en tout cas des sensations qui vous transpercent, puis vous habitent définitivement.

Je me soigne sur la route des crêtes du Luberon, quand j'entends chanter le monde en bas, ou au sommet de la citadelle de Sisteron, quand m'appelle la voix gémissante du vent qui se cogne dans les montagnes. Je me soigne en contemplant une pousse d'olivier, gonflée de chaleur et d'enthousiasme ; l'enfant au comble de l'extase, le visage barbouillé de chocolat ; la mer blanche, écrasée par la touffeur de l'été, qui se noie dans son lait ; l'oiseau qui danse de joie dans le ciel cru ; l'arbre qui laisse tomber ses branches, comme des bras sous ses grappes de fruits dorés.

Je sais que ma foi peut paraître naïve, mais il me semble que la foi est toujours naïve, d'une manière ou d'une autre. Elle s'en fiche. Elle est au-delà de ce monde.

Donc, je me soigne sans crainte ni complexe, mais je le répète, je ne m'en guérirai jamais.

20

Après la mort de ma mère, alors que je procédais à l'inventaire de l'héritage avec mes frères et mes sœurs, je dénichai dans un vieux carton un beau livre intitulé *François d'Assise, sur les traces du Poverello* avec une « préface mystique » de Stanislas Fumet et deux cents photos de Leonard von Matt.

J'avais oublié jusqu'à l'existence de ce livre mais tout de suite, devant sa somptueuse couverture représentant le froc de bure, avec trois grands trous, de saint François (1181-1226), les souvenirs déferlèrent sur moi et je me rappelai que ma mère me l'avait offert pour mes sept, huit ou neuf ans. Quand je tournai les pages, c'était comme si je revenais sur les lieux de mon enfance, dans une maison que j'avais habitée et dont je connaissais chaque meuble, chaque recoin.

Je retrouvai d'un coup l'odeur de vieux foin humide des papiers d'autrefois. Le style édifiant et cucul de la sainte histoire de François. Les superbes photos de la ville d'Assise et de sa région, l'Ombrie. Je relus ce livre avec la même émotion que la première fois. Je le relus sans rire, ni même sourire, parce que j'étais redevenu, le temps d'une soirée, le petit enfant croyant et franciscain que j'avais été.

J'aimais que saint François d'Assise décrétât que les bêtes sont nos frères et nos sœurs. J'aimais toutes ces histoires d'animaux, de faisan malade ou de lièvre pris au collet qu'il recueillait et sauvait. J'aimais qu'il parlât aux oiseaux et notamment aux colombes des bois, prises au piège, qu'il gourmandait ainsi : « Petites sœurs, pourquoi vous laissez-vous attraper, innocentes colombes ? »

C'était le saint que maman m'avait donné et, pendant mes jeunes années, nous le fêtions chaque 4 octobre, un rite qui fut abandonné quand j'entrai dans l'adolescence, un âge que j'ai gardé longtemps, préférant le perdre chaque jour dans l'allégresse plutôt que de n'en rien faire. Tout au long de mon enfance, dominée par l'esprit de sérieux, la Saint-François fut un grand jour, j'allais dire mon grand jour, car je me prenais pour François d'Assise. Je donnais mon argent de poche aux mendiants. Je parlais aux bêtes et j'étais sûr qu'elles me comprenaient comme elles comprenaient le « Poverello ». Je n'émettais pas le moindre doute, enfin, sur la véracité de tous ses hauts faits, entrés dans la légende.

Alors que je ne croyais pas au Père Noël ni à la résurrection ni à l'ascension du Christ, je gobais ainsi l'histoire du loup qui terrorisait la ville de Gubbio non loin d'Assise. Saint François alla à sa rencontre et lui dit : « Viens, frère loup. » Sur quoi, la bête se coucha à ses pieds. « Tu fais beaucoup de mal au pays, poursuivit le "Poverello". Tu déchires sans miséricorde les créatures de Dieu et même l'homme, image de Dieu, et tous se plaignent de toi avec raison. Mais je veux faire la paix entre la ville et toi. » Il proposa alors un pacte au loup : s'il promettait de ne plus jamais s'attaquer à une bête ou à un homme, les habitants de Gubbio lui assureraient sa nourriture quotidienne. Le loup inclina la tête et tendit sa patte droite à François. À dater de ce jour, l'animal alla de porte en porte réclamer sa pitance et fut toujours bien accueilli.

Je gobais mêmement l'histoire de l'agneau qui avait été offert au saint à la chapelle de la Portioncule. Il demanda à l'animal, ce que celui-ci accepta, de ne jamais troubler ses frères moines pendant qu'ils priaient. À la messe, en revanche, la bête allait toujours les rejoindre et s'agenouillait en bêlant devant l'autel de la Sainte Vierge. Je gobais tout. Y compris quand saint François d'Assise faisait jaillir de l'eau pour abreuver un âne assoiffé. Y compris quand, après l'apparition d'un séraphin sur un éperon rocheux, il fut saisi d'une violente douleur et revint à lui, paraît-il, avec des stigmates sur les mains et les pieds, la poitrine transpercée sur le côté droit.

Je ne dirais pas que j'étais franciscain avant d'être chrétien, mais il y a, chez François d'Assise, un panthéisme qui, pour moi, emportait tout. Un demi-siècle après l'avoir lue pour la première fois, je me rendais compte que l'anecdote de l'anguille était restée gravée en moi. Le poisson lui avait été offert par un pêcheur du lac Piediluco et, après l'avoir accepté joyeusement, le saint le remit doucement à l'eau, puis loua le Seigneur. L'anguille resta à proximité du bateau pendant sa prière et attendit que François lui en donne la permission pour se retirer.

J'avais vécu une histoire de ce genre quand, enfant, je pêchais le goujon au bord de la Seine. Une fois, j'avais attrapé une grosse carpe. Son regard affolé m'avait ému, alors qu'elle se débattait sur l'herbe : après lui avoir retiré l'hameçon de la gueule, je l'avais, comme saint François, remise à l'eau. Elle était restée longtemps à m'observer, sans mordre à l'appât. Dans l'onde noire de vase, ses yeux me fixèrent pendant au moins une heure. Je ne sentais aucune agressivité en elle. Je crois qu'elle cherchait à me remercier. Depuis, je ne mange plus de carpe. Des années plus tard, il m'est encore arrivé quelque chose de semblable, mais cette fois avec un brochet, dans le Grand Nord, au Canada : après avoir cassé la ligne, il a suivi mon canoë tout un après-midi avec le regard de Caïn. J'ai également cessé de manger du brochet.

Même s'il n'était pas un grand intellectuel comme Thomas d'Aquin, François d'Assise aura sans doute été l'un des plus beaux saints de la chrétienté. Il s'est imposé au monde, avec force et dignité, en incarnant plusieurs personnages en même temps. L'ami des bêtes, de la vie et de la mort. L'apôtre de la pauvreté volontaire. L'ancien jeune homme riche qui embrasse les plaies des lépreux. Le stratège qui a su se concilier les bonnes grâces du pape Honorius III pour développer son ordre, ce qui n'était pas gagné d'avance.

Sa prose, tragiquement pauvre, n'aura marqué personne, à l'image de ce Cantique du Soleil :

« Loué sois-tu, mon Seigneur, avec toutes créatures spécialement monseigneur frère soleil qui donne le jour et par qui tu nous éclaires. »

Loués seront, dans la foulée « sœur lune et les étoiles », « frère vent », « sœur eau qui est très utile et humble, précieuse et chaste », « frère feu », « sœur terre, notre mère, qui nous soutient et nous nourrit ». Sans oublier « notre sœur la mort corporelle ».

Loué sera, en définition, le legs de François. Il annonce Spinoza et introduit le bouddhisme dans le christianisme. Au demeurant, rien ne ressemble plus à un moine bouddhiste qu'un frère franciscain : les deux couchent sur des paillasses, refusent l'argent et mendient leur pain quotidien de porte en porte. Le saint recycle, de surcroît, toutes les grandes hérésies de l'époque dont il reprend les thèmes porteurs : la spiritualité des Cathares et l'ascétisme des Vaudois qu'on appelle aussi les Pauvres de Lyon.

De sa petite communauté de départ, en Ombrie, il a su faire en douceur un ordre puissant, celui des Frères mineurs ou Franciscains. Pas brillant ni conceptuel, il a pourtant laissé derrière lui, par la seule force de l'idéal, un message qui, des siècles après, reste toujours aussi actuel, d'autant plus actuel que le maître, si peu soucieux de sa postérité, n'a même pas daigné écrire un testament digne de ce nom.

Il avait les épaules pour fonder sa propre religion mais il était trop rustique, trop humble, trop enfantin aussi. À portée de main, près de mon lit, j'ai toujours *Frère François*, la biographie de Julien Green qui se disait « fou d'amour pour le monde merveilleux » du moine d'Assise. Je crois que je dors mieux quand je sens son livre à côté de moi, la nuit. François d'Assise est le saint qui m'a encloué dans le christianisme parce qu'il incarne ce qu'il a de meilleur. Il ne croit pas pour comprendre, comme saint Augustin ou saint Anselme, il croit parce qu'il comprend.

21

Je suis venu au végétarisme par saint François. Le jour où nous le fêtions dans mon enfance, je me souviens que ma mère prenait soin, par égard pour lui, de ne servir ni viande ni poisson. Elle prenait sur elle.

Après la Seconde Guerre mondiale, il fallait en effet manger des bêtes : c'était même charnage tous les jours, sauf le vendredi où l'on faisait maigre, c'est-à-dire du poisson. La paix retrouvée était devenue l'occasion d'une immense boucherie. La viande incarnait l'avenir, le progrès, la santé, sinon le bonheur. Ma mère avait été comme envoûtée par cette idéologie carnivore au nom de laquelle nous engloutissions sans discontinuer des tranches de chair morte.

Je me souviens avec effroi et dégoût du steak de cheval, du foie de génisse, des rognons de porc et des bas morceaux du bœuf qui constituaient la base de notre régime, à la maison. Une de mes sœurs avait le courage de faire ce que je n'ai jamais osé : elle profitait d'une absence de ma mère pendant le repas pour dissimuler sa viande sous un meuble où elle la récupérait plus tard pour la faire disparaître définitivement dans le jardin.

Cinquante ans plus tard, cette viande me pèse toujours sur l'estomac. Vous allez encore sourire, mais j'ai honte. Honte des souffrances infligées et de cette vie volée aux bêtes. Je crois au demeurant que c'était ce dernier point que maman avait en tête : détourner à notre profit la force, l'énergie et l'instinct vital de la bête morte. « C'est bon la viande, répétait-elle avec un air informé. Dedans, il y a plein de fer et plein de protéines, tout ce dont vous avez besoin pour vous développer. »

Je mangeais de la viande pour faire plaisir à ma mère, mais j'avais le sentiment de commettre un péché contre mon Dieu, celui de saint François. À la ferme familiale où, à partir de quatorze ans, j'étais préposé aux tueries dominicales de poulet ou de canard, parce que j'avais l'art et la manière d'administrer la mort, il m'arrivait souvent de pleurer en tuant les bêtes. J'ai fini par cesser d'en manger mais je continuais à les décapiter avant de les découper, puis, souvent, de les cuisiner pour soulager maman.

La raison n'est pour rien dans mon végétarisme. J'y suis venu tout naturellement, à force d'entendre les cochons crier comme des bébés quand on les égorgeait dans les fermes alentour, les vaches qui pleuraient des nuits entières le veau qu'on leur avait enlevé pour l'emmener au couteau, les volailles qui se tortillaient avec un râle funèbre sur le billot. Je suis devenu végétarien tout bêtement, par franciscanisme, parce qu'il me semblait que la mort administrée partout par l'homme, avec une obscénité compulsive, troublait l'ordre et l'harmonie de l'univers, et puis peut-être aussi parce que je pressentais, sans oser le formuler, ce que je lirais un jour sous la plume de Dostoïevski : « Le Christ est avec les bêtes avant d'être avec nous. »

Même si je n'éprouve aucun malaise devant la chair pantelante et fumante de la carcasse qu'on écorche, avant que dégorgent les tripes mêlées de buées, je n'ai jamais pu supporter la vue d'une bête que l'on va tuer. Son regard. Son fatalisme, souvent. Sa panique, parfois. Mes sangs me tournent, mes jambes vacillent, je flageole, c'est au prix d'un effort surhumain que je ne m'écroule pas sur place.

L'espèce humaine doit-elle assouvir ses envies de viande et de sang ? Est-elle condamnée à rester, jusqu'à la fin des temps, l'incarnation la plus aboutie de la prédation dans le règne animal, une panse sur pattes, détruisant tout sur son passage ?

Certes, l'homme est un animal qui a réussi. Il peut s'en contenter mais il vaut mieux que ça. C'est l'intuition géniale de saint François que d'avoir tenté, au lieu de l'en affranchir, de le mélanger au monde, au nom du christianisme. Après tant d'autres, il l'a grandi en le remettant à sa place qui n'était certes pas celle que Descartes lui avait assignée à son image : au milieu de la table, sur un fauteuil, à la droite d'une reine ou d'une princesse, devant un plat de côtes.

22

Le végétarisme est une invention de la plus haute Antiquité où il a fait fureur avec Bouddha, Pythagore, Porphyre, Empédocle, Ovide ou Plutarque. C'est à ce dernier que l'on doit la charge la plus lumineuse contre l'idéologie carnivore. Quand je l'ai lu, j'étais déjà végétarien mais si je ne l'avais pas été, je crois qu'il m'aurait définitivement coupé tout appétit pour la viande.

Originaire de Grèce, Plutarque (46-125 de notre ère) est un grand érudit, penseur, moraliste et historien de la Rome antique. Un homme posé qui surplombe son époque. Une sorte de Montaigne de l'Antiquité. Dans ses *Trois traités pour les animaux*, il jette les fondations du végétarisme qui ne cessera plus de faire des petits, au cours des siècles, enrôlant dans ses rangs des personnages aussi différents que Vinci, Rubens, Tolstoï, Einstein, Kafka, Maeterlinck ou Gandhi.

Dès la première page de ses *Traités*, Plutarque s'interroge sur les motivations du premier homme qui « approcha de sa bouche une chair meurtrie, qui osa toucher de ses lèvres la chair d'une bête morte, servit à sa table des corps morts [...] et fit de la viande et sa nourriture de nombres d'animaux qui, peu auparavant, bêlaient, mugissaient, marchaient et voyaient ».

Après quoi, Plutarque envoie son argument massue en accusant les carnivores de couardise : « Si tu veux t'obstiner à soutenir que la nature t'a fait pour manger telle viande, tue-la donc toi-même le premier, je dis toi-même, sans user du couperet ni de couteau, ni de cognée, mais comme le font les loups, les ours et les lions qui, à mesure qu'ils mangent, tuent la bête. »

En somme, mange seulement ce que tu peux tuer. Affronte, assume, ne te cache pas cette horreur que tu ne saurais voir, va jusqu'au bout de tes actes. Tel est le défi de Plutarque aux consommateurs de viande, dont il moque la propension à maquiller l'objet de leur forfait en le faisant rôtir ou bouillir et en le préparant avec du vin, de l'huile, du miel, de la gelée ou du vinaigre. Ils n'ont pas le cœur, observe-t-il, de manger la bête telle qu'elle est.

C'est si vrai qu'aujourd'hui, notamment dans les grandes surfaces, la viande est conditionnée et, pour ainsi dire, dématérialisée. Pour un peu, on dirait de la compote de fraises ou des tranches de betterave emballées dans du plastique. Il ne faut surtout pas qu'elle ressemble à cette « chair morte » dont parle Plutarque.

L'hypocrisie de nos sociétés modernes prétend même rendre l'abattage invisible. C'est ainsi que les abattoirs sont implantés le plus loin possible de la ville, les bêtes entrant par-derrière pour ne pas traumatiser les populations auxquelles sont ainsi épargnés les cris et les mouvements de panique à la sortie des bétaillères.

Lesdites populations n'ont droit, et encore, dans les mauvais cas, qu'aux carcasses de viande fraîche qui sortent par-devant pour aller directement dans les camions frigorifiques. Interdiction d'approcher. Il n'est pas question qu'elles voient de près les chairs qui, parfois, se trémoussent encore. Depuis qu'elles ont décrété la mort de Dieu, nos sociétés ne supportent plus l'idée du trépas, ni la vue du sang, ni les tremblements d'après la mort.

J'ai ainsi entendu des apôtres de l'humanitarisme déblatérer contre la cruauté de la chasse ou de la corrida, la bouche pleine de viande rouge, du sang rose aux commissures, sans savoir dans quelles conditions avait été tuée la bête dont ils mâchaient un morceau. Apparemment, ça ne troublait pas leur digestion. Ils sont l'incarnation du pharisaïsme de notre époque, qui ne supporte les tueries qu'à condition qu'elles soient cachées, abstraites.

Je n'aurais pas moi-même la tartuferie de nier cette envie de sang qui, souvent, travaille l'espèce humaine. Il suffit d'observer les visages des clients qui font la queue chez le boucher. Il me semble que certains salivent déjà comme le chien devant la charogne. Ce qui est révoltant, c'est la myopie, la veulerie et la duplicité de nos sociétés qui partent en guerre contre la chasse et la corrida, alors qu'elles acceptent l'abattoir. Leur volonté, assumée ou pas, de passer systématiquement à l'as le sujet de la souffrance animale.

L'animal souffre-t-il ? Descartes n'a apparemment pas eu le souci de se renseigner. Kant non plus. Mais Jeremy Bentham (1748-1832), l'un des pères de l'utilitarisme, n'en doute pas. Il considère même qu'il n'y a pas de meilleur critère que la souffrance pour départager les êtres et leur attribuer ou non des droits. Il exclut le critère du raisonnement dans un texte célèbre : « Un cheval ou un chien adultes sont des animaux incomparablement plus rationnels, et aussi plus causants, qu'un enfant d'un jour, ou d'une semaine, ou même d'un mois. Mais s'ils ne l'étaient pas, qu'est-ce que cela changerait ? La question n'est pas : "Peuvent-ils raisonner ?" ni : "Peuvent-ils parler ?" mais : "Peuvent-ils souffrir ?" »

23

Pour Hitler, les Juifs étaient des « rats », des « sangsues » et des « araignées qui sucent lentement le sang du peuple ». Pour les Hutu, les Tutsi étaient des « insectes ».

Depuis la nuit des temps, l'homme relègue souvent l'autre, l'ennemi ou l'étranger, au rang d'animal. Ce fut notamment le cas de tous les génocidés de l'histoire de l'humanité. Avant de les exterminer, les Turcs traitaient ainsi les Arméniens de *rajah* (« bétail »). Il ne restait donc plus qu'à l'abattre...

Dans son livre *Minima Moralia*, le philosophe allemand Theodor W. Adorno a écrit que les pogroms peuvent commencer dès lors que le regard d'un animal blessé à mort rencontre un homme, avant d'argumenter : « L'obstination avec laquelle celui-ci repousse ce regard — "ce n'est qu'un animal" — réapparaît irrésistiblement dans les cruautés commises sur les hommes dont les auteurs doivent constamment se confirmer que ce n'est qu'un animal. »

Cette phrase tirée d'un livre publié après la Seconde Guerre mondiale, en 1951, a jeté le trouble dans la communauté intellectuelle et n'a cessé, depuis, d'être commentée. L'historien américain Charles Patterson l'a résumé ainsi : « Auschwitz commence partout où quelqu'un regarde un abattoir et pense : ce sont seulement des animaux. »

Ce rapprochement osé, Charles Patterson l'a fait dans un livre dont le titre, *Un éternel Treblinka*, est emprunté à l'œuvre de l'écrivain yiddish Isaac Bashevis Singer. Un auteur prolifique dont mon père ne ratait jamais les romans pittoresques et mystiques, portés par la force de l'esprit d'enfance. Un militant végétarien aussi qui, dans son autobiographie *Un jeune homme à la recherche de l'amour*, semble éprouver le même effroi devant la souffrance des hommes et celle des animaux, les pogroms et les tueries, avant d'écrire : « Les vrais martyrs sur cette terre sont les animaux, et tout particulièrement les herbivores. »

Dans son livre *Ennemies*, Isaac Bashevis Singer raconte les affres d'un rescapé des camps, Herman Broder, qui ne supporte pas de tuer les souris ni aucune autre bête et qui répète que « ce que les nazis avaient fait aux Juifs, l'homme le faisait à l'animal ». C'est ainsi que, pour les bêtes, la vie serait devenue un « éternel Treblinka ».

Comparaison scabreuse qui rejoint les préoccupations de nombre de philosophes et d'écrivains juifs sur l'industrialisation de la mort. Une fois passé le premier état de sidération devant la Shoah, ils n'ont cessé ensuite d'explorer la communauté de destin entre les bêtes et les humains : Theodor W. Adoarno, bien sûr, mais aussi Jacques Derrida, Élisabeth de Fontenay, Max Horkheimer, Vassili Grossman ou Elias Canetti.

C'est la meilleure réponse à ceux qui mettent en contradiction le respect des animaux et l'amour des animaux, comme si l'un pouvait aller sans l'autre, et qui rappellent avec complaisance que Hitler était végétarien ou que le IIIe Reich avait une législation favorable aux animaux, mieux considérés que les Juifs.

Ce que prouvent ces discours, c'est que l'anthropocentrisme a encore de beaux jours devant lui. Celui de Descartes, des antiécologistes, des goinfres de la finance ou des intégristes de toutes obédiences. Tous mettent notre espèce au sommet de la pyramide pour mieux écraser les autres. Ils s'imaginent que le monde a été créé pour eux, pour leur bon plaisir.

L'anthropocentrisme ou ce qui reste de la religion quand on a tout oublié. L'idée que l'espèce humaine se trouve au cœur de tout et qu'elle est immortelle.

« À vue humaine, tout est foutu, plaisantait mon vieil ami Frossard. C'est pourquoi nous avons des vues surhumaines ! » Nous nous dépasserons et même nous nous surpasserons enfin quand notre espèce saura humaniser sa relation au vivant, n'en déplaise aux nombrilistes pour qui le sentiment d'appartenir à la communauté des animaux, à commencer par les bêtes d'abattoir, est le signe d'une sensiblerie mal placée et d'un refus de notre condition de prédateur en chef de la Création.

24

En disciple de Plutarque, j'ai visité des abattoirs où, comme à Sisteron, tout était fait pour rassurer la bête avant le sacrifice, exécuté avec autant de dextérité que d'humanité. Mais d'autres fois, j'ai eu le sentiment de me retrouver en enfer au milieu des coups portés pour faire avancer les animaux et de leurs cris à percer les tympans, dans une odeur de merde, de pisse et de sang. Sans oublier les larmes chaudes des veaux avant de passer au couteau. Et je ne parle pas de l'abattage rituel où la bêtise le dispute à l'ignominie, quand on refuse d'étourdir ou d'anesthésier l'animal avant de le saigner, pour s'assurer qu'il souffrira davantage, au nom de Dieu, de ses prétendues lois et de ses douteux plaisirs. Mâcher pareilles viandes, c'est mâcher de la douleur à l'état pur. Une vache saignée met une vingtaine de minutes à mourir, bien plus que le gibier chassé ou le taureau dans l'arène qui au moins a eu sa chance, même si elle était faible.

Il y a longtemps déjà, un paysan de mes amis, qui tuait ses moutons lui-même et raillait mon végétarisme, avait conduit ses veaux à l'abattoir dans sa propre bétaillère après que celle de son chevillard fut tombée en panne. Il est revenu végétarien. Il est resté éleveur, il a continué à tuer lui-même ses moutons, mais il ne mangeait plus de bêtes d'abattoir.

Si je ne vais pas jusqu'à demander aux mangeurs de viande d'occire eux-mêmes leurs bêtes avec leurs mains et leurs dents, comme les en exhorte le bon Plutarque, il me semble que la moindre des choses serait qu'ils s'infligent de temps en temps le spectacle de l'abattoir. Je suis sûr que ça calmerait leur appétit : leur panse crierait moins famine pour des ris de veau et des pieds de porc.

Une des plus belles rencontres de ma vie fut Jacques Derrida (1930-2004), dont j'allais souvent suivre les cours de philosophie dans des salles archicombles et avec qui je déjeunais de temps en temps. Il y avait chez lui quelque chose d'usé, d'humble et de courbé, que contredisait son regard plein d'orgueil et d'humanité. D'une beauté à tomber par terre, il embellissait avec l'âge. La dernière fois que nous nous sommes vus, peu avant sa mort, alors qu'il était rongé par la maladie, il m'avait parlé d'un grand projet philosophique sur les droits des animaux. Son cancer attendrait.

La maladie nous était tombée dessus en même temps et nous en parlions avec la même haine. « C'est comme si le cancer décuplait l'énergie qu'il nous a enlevée, observait-il. J'ai envie de faire tellement de choses. »

Le cancer l'a pris de vitesse, tuant aussi son grand projet sur les animaux. Apôtre de la déconstruction, Jacques Derrida est un artiste et son œuvre, un mélange superbe de poésie, d'érudition, d'explication de texte et de mélopée talmudique. On peut avoir une idée de ce qu'aurait été son travail sur les bêtes en lisant *L'animal que donc je suis*, texte d'une longue conférence paru aux éditions Galilée. Il y démonte avec minutie, selon son habitude, la tradition philosophique qui, d'Aristote à Heidegger en passant par Descartes, lâche la bonde à ses croyances ou présomptions en définissant à peu près l'animal comme le contraire de l'homme. Autrement dit, une créature incapable de parole, de raison, de deuil, de générosité, de rire et j'en passe.

Nos grands philosophes ne savent pas de quoi ils parlent. Sur le rire, par exemple, je peux témoigner qu'ils se trompent. J'ai connu un bœuf très farceur qui, quand le soleil faiblissait, effectuait devant moi des mouvements de danse ridicules. Un chien qui s'amusait à cacher mes chaussures. Une chèvre qui avait décidé que j'étais son bouc. Les deux derniers riaient à gorge déployée, toutes dents dehors, contents de leur blague.

Aux yeux de tous les tenants de l'« humanisme rationaliste », les animaux ne peuvent pas répondre aux questions qu'on leur pose ; ils ne font que réagir. À l'image de Kant, ils ne leur reconnaissent ni ne leur accordent pas grand-chose alors que Derrida se demande, lui, si nous sommes en droit de refuser aux bêtes ce que nous nous attribuons à nous-mêmes sans complexe.

Toute la réflexion de Derrida part d'une scène fondatrice où il se trouve « surpris, nu, en silence » par le regard d'un chat et reconnaît qu'il a du mal à faire taire en lui une protestation contre l'« indécence », contre la « malséance » qu'il peut y avoir à se trouver ainsi, le « sexe exposé, à poil, devant un chat qui vous regarde sans bouger, juste pour voir ». Il a honte et, en même temps, honte d'avoir honte. « Honte de quoi et nu devant qui ? » se demande-t-il. « Devant le chat qui me regarde nu, auraisje honte *comme* une bête qui n'a plus le sens de sa nudité ? Ou au contraire honte *comme* un homme qui garde le sens de la nudité ? Qui suis-je alors ? » Telle est en effet la question que nous posent les animaux et à laquelle nous, humains, répondons par le trouble derridien ou par l'arrogance cartésienne.

Qu'est-ce qui nous différencie vraiment ? Il fut un temps où nous considérions l'animal comme l'un des nôtres. Il y a quelques siècles encore, moyennant espèces sonnantes et trébuchantes, l'Église pouvait excommunier les mouches, les vers, les chenilles, les sauterelles, les mulots et tous les nuisibles qui dévastaient les campagnes. En plus, elle mettait les formes. La sentence n'était prononcée que si les coupables avaient refusé de se plier aux injonctions ecclésiastiques formulées plusieurs fois auparavant de cesser toute activité ou de quitter le pays.

Au tribunal de la Divine Providence, les accusés étaient défendus par des procureurs qui pouvaient marquer des points, comme celui qui, au monastère de Saint-Antoine, au Brésil, en 1713, assura la défense de ses sœurs les fourmis noires, accusées de voler la farine de la communauté. Il argua qu'« elles servaient le Créateur en donnant aux hommes l'exemple des vertus qu'il leur avait ordonnées ». Par exemple, la « prudence en pensant à l'avenir et en économisant pour les temps de misère », la « charité, en s'aidant les unes les autres », la pitié, « en donnant la sépulture aux morts de leur espèce ». Le plaidoyer s'acheva par une mise en garde contre la violence qu'« on leur ferait devant le trône du Divin Créateur, qui a fait les petits comme les grands, et qui a assigné à chaque espèce son ange gardien ».

Verdict du procès : le juge obligea les frères « à fixer dans leurs environs un champ convenable pour que les fourmis y demeurassent » et ordonna à celles-ci « de s'y rendre tout de suite, sous peine d'excommunication majeure ». Ce qu'elles firent, paraît-il.

J'ai trouvé cette histoire et beaucoup d'autres histoires de ce genre dans un petit livre d'Émile Agnel, *Procès contre les animaux*, publié chez Dumoulin en 1858. Le moindre de mes étonnements ne fut pas d'y découvrir aussi d'innombrables condamnations de bêtes, appréhendées « au corps » et traduites devant les tribunaux criminels ordinaires. Par exemple :

10 janvier 1457. Truie pendue à Savigny pour le meurtre d'un enfant âgé de cinq ans.

10 avril 1490. Pourceau pendu à Abbeville pour avoir tué un enfant dans son berceau.

20 mai 1572. Porc condamné à être étranglé et pendu après avoir dévoré un enfant à Moyenmoutier.

Les procès-verbaux étaient signifiés aux animaux dans la prison où on les avait enfermés avant qu'ils fussent conduits sur le lieu d'exécution. Ils étaient, comme les humains alors, soumis à la loi du talion.

Il fallut attendre le XIXe siècle pour que soit mis à peu près fin à cette tradition qui fleure son saint François : élevant les cochons au rang de prévenus, elle rabaissait les humains à leur niveau. Celui de l'animal que donc nous sommes.

25

Souvent, j'éprouve une sensation étrange, comme une révélation ou une illumination : tout d'un coup, je me retrouve animal au milieu des animaux de mon espèce. La chose peut m'arriver dans la rue aussi bien que pendant une réception, sous les lambris d'un palais.

J'ai fini par m'habituer à ce phénomène qui, après avoir un moment jeté le trouble en moi, appelle désormais le sourire.

Je conçois qu'il puisse y avoir quelque chose d'affreux à ressentir son animalité avec toutes ces bêtes qui vivent en nous. Les odeurs, les poils, la tripaille, les excréments ou les organes sexuels qui n'en font qu'à leur tête. Mais il me semble qu'il y a surtout quelque chose de comique à considérer tout le mal que se donne l'humanité, à quelques exceptions près, pour cacher qui elle est, d'où elle vient avec ses parures, ses chaussures, ses coiffures, ses sous-vêtements et je ne parle pas des décorations à la boutonnière.

Autant dire que je n'ai jamais senti de grande différence entre moi et les autres animaux de la Création. Notamment les singes dont les génomes sont pratiquement identiques aux nôtres. Ou bien les cochons et les veaux, nos frères de sang, dont les chairs sont si proches que nous les transplantons dans nos corps. Les cœurs de nos quatre espèces battent de la même façon, au rythme de notre stress, avec des valves semblables et échangeables. Nous crottons et pissons pareillement. Une grande partie de l'humanité aimerait bien se passer de son animalité. C'est ainsi que la religion depuis saint Paul et la philosophie depuis Pythagore n'ont jamais cessé d'essayer de nous faire oublier notre enveloppe corporelle.

Pour ma part, je me sens très bien dedans. Je supporte même parfaitement l'animal que donc je suis, comme disait Derrida. Il est vrai que je veille à ne jamais lui laisser la bride sur le cou. Je suis une bête et, en conséquence, solidaire de toutes les bêtes, à commencer par les humains.

Cette obsession pathétique de sortir de notre condition animale a été battue en brèche, sur le plan religieux, par Bouddha, Mani et saint François d'Assise. Dans l'histoire de la philosophie, il y a aussi, hormis Plutarque, Bentham et Derrida, un autre grand ami des bêtes : Arthur Schopenhauer (1788-1860) qui, après sa mort, légua ses biens à son chien. Un misanthrope misogyne et follement doué, que Frédéric

Nietzsche accusera d'avoir tenté de « préparer une époque bouddhiste pour l'Europe » et, après Voltaire, de « travestir sa haine pour certaines choses et certains hommes en miséricorde envers les animaux ».

Sans indulgence pour les religions à Dieu unique et créateur (le judaïsme, le christianisme ou l'islam), Schopenhauer est fasciné par le bouddhisme, l'hindouisme ou le taoïsme qu'il place bien au-dessus, philosophiquement parlant. Il reproche aux monothéismes en général, et au christianisme en particulier, d'avoir arraché l'homme au monde animal auquel il appartient pour ravaler les bêtes au rang d'objets. Pour lui, tout remonte au livre de la Genèse où Dieu confie à l'homme l'ensemble des animaux dont il est autorisé à faire ce qui lui plaît.

Schopenhauer est un ronchon sensible. Dès son jeune âge, il a été « saisi par la détresse de la vie », comme Bouddha dont il partage la compassion pour toutes les créatures de la terre. C'est un philosophe de la pitié, ce qui ne l'incline pas nécessairement à l'antichristianisme.

On peut même soutenir que son bouddhisme naturel est aussi un christianisme dès lors que celui-ci a été revisité par saint François d'Assise. Il y a en effet un christianisme franciscain comme il y a un christianisme paulinien. Telle est la limite de la critique véhémente du judéo-christianisme par Schopenhauer. Il lui refuse le droit à la réforme. Il ne s'en prend qu'à sa version ancienne, voire archaïque.

Jésus, le plus doué des prophètes, si seulement il a existé, n'a commis qu'une seule erreur. Il a mis l'espèce humaine sur un piédestal et a considéré que le monde tournait autour d'elle. La force du taoïsme et du bouddhisme, qui comptent parmi les plus vieilles croyances religieuses de l'histoire de l'humanité, est d'avoir su se mélanger au monde des bêtes et des étoiles. Le christianisme sera un panthéisme ou ne sera plus. Même chose pour l'islam qui a la malchance de n'avoir pas encore eu son François d'Assise pour lui ouvrir les yeux sur l'univers.

En 1875, dans son célèbre discours de Seattle devant les tribus indiennes Sioux, le grand chef Sitting Bull a bien défini ce qui sépare les panthéistes des autres, ceux qui n'ont pas compris le monde : « Regardez, mes frères, le printemps est là. La Terre s'est accouplée avec le Soleil et bientôt nous verrons les fruits de cet amour. Toutes les graines sont éveillées, ainsi que les animaux. Cet immense pouvoir, c'est aussi la source de notre vie. Voilà pourquoi nos compagnons, hommes et animaux, ont les mêmes droits que nous sur terre. Écoutez, mes frères : maintenant, nous devons compter avec une autre race. Ils étaient peu nombreux et faibles lorsque nos grands-pères les ont rencontrés pour la première fois, mais maintenant ils sont nombreux et forts. Ils disent que notre mère la Terre est à eux seuls et ils repoussent leurs voisins. Ils la défigurent avec leurs constructions et leurs ordures. Ils sont comme une rivière en crue qui, au printemps, sort de son lit et détruit tout sur son passage. »

Ce n'est pas à la Création d'être au service de l'homme, comme l'enseignent, avec les résultats que l'on sait, les trois monothéismes qui sont autant d'anthropocentrismes ; c'est, au contraire, à l'homme d'être au service de la Création dont il n'est qu'une parcelle. En se réconciliant avec elle, il se réconciliera avec lui-même et conjurera les catastrophes écologiques, démographiques ou énergétiques.

S'il fallait choisir entre ma foi et l'univers, je choisirais l'univers parce que c'est l'univers qui est ma religion.

26

La civilisation moderne s'occupe de tout ; elle fait même le reste. Il suffit de lui faire confiance, nos gamelles et nos panses seront pleines. C'est sur ce modèle qu'ont vécu plusieurs générations, reléguant les porteurs de foi au rôle de chiffonniers ou de ferrailleurs fouillant les décharges à la recherche de vestiges de leur passé. Des olibrius, des radoteurs condamnés par l'Histoire.

Face au progrès en marche, pourquoi s'agitaient-ils ainsi au milieu des déchets ? Après quoi couraient-ils ? Les petites gouapes du nihilisme humanitariste, matrice du cynisme dominant, ont gagné sur toute la ligne. En moins d'un siècle, elles ont réglé leur compte à Dieu, à la nature, à la mort et à l'âme. Place à l'anthropolâtrie, la nouvelle religion. Tous les êtres du cosmos sont invités à se prosterner devant l'homme-Dieu.

De toutes les pertes que nous avons subies, sous le règne du relativisme triomphant, l'âme n'est pas la moindre. C'est une invention très ancienne, née en Asie et reprise par trois des grands esprits de l'Antiquité, Pythagore, Empédocle et Platon. Une belle invention dont se sont emparés les trois monothéismes et qui suppose qu'il y a dans notre enveloppe corporelle quelque chose qui lui survit.

Mais les religions à Dieu unique et créateur ne peuvent donner de réponse à une question déjà résolue par leurs homologues d'Asie : s'il n'y a rien avant la vie, comme elles semblent le dire, pourquoi y aurait-il quelque chose après elle ?

Les trois monothéismes ne sont pas allés au bout de l'âme. Elle ne serait éternelle qu'après, pas avant. En somme, elle ne serait éternelle qu'à moitié. Cette parcimonie s'explique : l'âme est un concept qui, à leurs yeux, peut devenir dangereux. Elle ramène en effet les humains dans la communauté de l'univers dès lors que l'on pense, comme Platon, que celle des bêtes est pareillement immortelle. Elle les banalise même complètement quand, avec la métempsycose d'inspiration bouddhiste ou hindouiste, elle vagabonde d'un corps l'autre. Un coup un olivier, puis un humain, puis une herbe, puis un chat, puis un ver et ainsi de suite, pour l'éternité.

Des thèses combattues avec une extrême virulence, on s'en doute, par saint Augustin et saint Thomas d'Aquin pour qui l'homme seul a une âme. Alors que j'écris ces lignes, devant la Méditerranée qui frémit sous les caresses d'un vent tiède et velouté, je les plains. Ces gardiens du temple sont des handicapés de la nature. Il fallait qu'ils fussent bien enfermés dans leur dogme pour n'avoir jamais éprouvé devant un paysage d'été la sensation exquise de rejoindre cet « un » qu'a si bien défini Plotin (205-270 de notre ère), Égyptien de culture grecque qui vécut à Rome : « Tous ensemble, nous sommes les êtres; donc, à nous tous, nous ne faisons qu'un. »

Chacun son extase. J'aime bien les extases devant la mer qui prend du plaisir en faisant des bruits de baiser sur le sable, tandis que les rayons du soleil me remplissent d'un bonheur mou, que les insectes crépitent sur la terre et que les arbres dorment tout leur soûl, assommés de chaleur, les feuilles en sueur. Je ne laisserai personne dire qu'elles sont inférieures aux extases de gens qui ont beaucoup de talent, mais certes pas celui de savoir se fondre dans l'univers.

27

Le meilleur avocat de la migration des âmes fut, dans l'Antiquité, Pythagore, qui disait avoir été, en des vies antérieures, Acthalides, fils d'Hermès, ou Pyrrhos, un pêcheur de Délos, sans parler des animaux ou des végétaux.

Un jour, passant près de quelqu'un qui battait son chien, Pythagore aurait dit à son maître : « Arrête et ne frappe plus, car c'est l'âme d'un homme qui était mon ami : je l'ai reconnu en entendant le son de sa voix. »

Même quand je suis ivre et que je commence à raconter ma vie aux bouteilles, je n'éprouve rien de ce genre. Encore qu'il puisse m'arriver, si je suis très aviné, d'avoir envie d'aspirer tous les vents, d'embrasser le monde entier et de me fondre dans le Grand Tout avec le sentiment d'être une âme errante qui cherche une coquille, un corps ou une écorce pour se poser et se reposer.

« Le monde est plein d'âmes », disait Pythagore. Victor Hugo prétendait avoir été le premier, dans son siècle, à parler « non seulement de l'âme des animaux, mais encore de l'âme des choses ». Comme Arthur Schopenhauer, il croyait à la métempsycose et voyait dans une petite chienne la réincarnation d'une amie morte. Un esprit aussi libre que mon ami Norman Mailer m'a souvent fait l'article pour la loi du karma, selon laquelle nous vivons nos vies pour nous racheter des précédentes.

C'était le portrait craché de mon père, Mailer, avec le même culte infantile de la virilité. Je le considérais comme quelqu'un de ma famille. Un écrivain magistral, auteur de classiques comme *Un rêve américain* ou *Le chant du bourreau.* Un esprit en désordre et une religion personnelle qui ne l'était pas moins, comme la mienne. J'ai gardé les notes d'une conversation surréaliste que nous avons eue un jour :

Moi : Vous croyez en Dieu ?

Mailer : Je suis religieux.

Moi : Vous priez ?

Mailer : Je pense que Dieu rit de ceux qui prient. De tous ces gens qui lui lèchent le cul pour obtenir quelque chose. Vous ne priez pas si vous êtes croyant. Il est forcément au courant de tous vos petits secrets.

Moi : Vous le voyez comment, Dieu ?

Mailer : Je crois en un Dieu existentiel. Quelqu'un qui peut réussir ou échouer.

Moi : Il va réussir ?

Mailer : Je sens qu'il est très fatigué et pas tout-puissant. Il ne contrôle qu'une partie du système solaire.

Moi : Laquelle ?

Mailer : On devient rapidement ridicule dans ce genre de conversation.

Moi : Vous pensez qu'il intervient dans le karma ?

Mailer : Il donne son verdict. La réincarnation est la seule chose qui ait un sens. L'idée que nous ayons à endurer tout ce que nous avons à endurer sur terre pour que ça s'arrête d'un seul coup, cette idée ne tient pas.

Moi : Qu'avez-vous été dans une vie antérieure ? Un âne ou un cochon ?

Mailer : Un athée. J'ai une hypothèse : Dieu est malin. Aussi, ses choix de karma sont bien pensés...

Des apôtres de la métempsycose, j'ai gardé le végétarisme, notamment celui d'Empédocle pour qui tuer un vivant revenait à tuer un parent. Ils ont renforcé aussi ma conviction que les animaux, les arbres et les plantes ont une âme, une conviction ancienne puisque, petit enfant déjà, je leur parlais, comme leur parlaient au demeurant tous les paysans du voisinage.

28

Je suis souvent l'objet des ricanements des mangeurs de viande qui me demandent si je ne suis pas indisposé aussi par le cri de la carotte que l'on arrache ou de la sardine qu'on sort de l'eau. Bonne objection. La preuve, elle me gêne. Si je réfléchis, j'ai en effet honte de me repaître de vie avant de la conchier. Honte de me comporter en prédateur. Honte d'être un humain. C'est pourquoi je m'efforce de ne pas y penser en croquant ma carotte pour faire taire ma faim. Comme disait Homère, la « honte n'est plus de saison quand on est dans le besoin ».

Tant pis pour les truffes, les tomates, les fraises et les framboises, victimes de ma gastrologie compulsive. J'assume, mais il me faut bien reconnaître l'illogisme de ma conduite et le ridicule de la situation. Telle est la tragédie des vivants : pour vivre, il faut tuer encore et encore ; donc je tue.

J'ose même dire que la mort de ces fruits et légumes ne m'affecte pas : leurs âmes en peine ne viennent pas, ensuite, me brouiller l'estomac. C'est à se demander s'ils ont vraiment une âme. De plus, la culpabilité est simplement une habitude à prendre, et qui finit toujours par passer.

Contrairement au prophète Mani, j'évite d'adresser la parole aux fruits et légumes dès lors qu'ils sont dans mon assiette, avant le coup de fourchette. Sinon, je suis très causant. Avec toutes les créatures et avec les morts surtout. Je converse avec eux à longueur de journée, comme tout le monde, plus ou moins. Ce qui prouve bien, pour ceux qui en douteraient, qu'ils avaient une âme et qu'elle nous accompagne après leur dernier soupir.

J'ai la tête pleine de morts. Je vis avec eux et ils produisent du brouhaha dans ma boîte crânienne, une sorte de bruit de fond qui ne s'arrête jamais ou presque. On n'est jamais plus proche des gens qu'une fois qu'ils sont passés. Ils nous parlent et on leur répond. Ou l'inverse. On a comme ça des dialogues ou des conciliabules auxquels rien ne peut vraiment mettre fin, pas même notre propre disparition.

L'âme, c'est comme Dieu : elle ne se prouve ni ne s'argumente, elle s'expérimente. « Souvent, écrit Plotin dans ses *Ennéades*, je m'échappe de mon corps, et je m'éveille à moi-même ; étranger à tout autre chose, dans l'intimité de moi-même ; je vois une beauté merveilleuse et si grande ! » Quand, après sa communion mystique, Plotin redescend sur terre, il se demande

« comment a pu venir dans le corps un être tel que l'âme, qui paraît être en elle-même, bien qu'elle soit en un corps ».

Que tous les êtres ne fassent qu'un, selon la formule de Plotin, ne les empêche pas de se démultiplier. Les âmes peuvent ainsi habiter plusieurs têtes en même temps et je suis sûr qu'elles sont capables de mener simultanément une infinité de conversations différentes.

Il n'est pas de jour où je ne pense à mes parents morts. Souvent, ce sont eux qui frappent à ma porte avec une image, une phrase, une scène qui jaillit de nulle part sans que rien n'ait pu la solliciter. Comme s'ils voulaient se rappeler à mon bon souvenir. Ils y réussissent. Il arrive aussi qu'ils me rendent visite pendant mon sommeil. J'ai des apparitions. Mon père, le teint terreux et avec une expression de tristesse que souligne son petit sourire cassé. Ma mère, le menton volontaire et le regard conquérant, avec quelque chose de dur dans le visage, que j'attribue à sa façon, dont j'ai hérité, de ne jamais desserrer les mâchoires, même quand tout va bien, ce qui lui donne l'air d'en vouloir à la terre entière.

« Je crois que tu avais raison, pour les bêtes, dit-elle. D'ailleurs, à la fin de ma vie, je ne mangeais plus de viande.

— Je l'avais remarqué.

— Je n'arrivais même plus à avaler. Je recrachais, comme toi, quand on te dit que la sauce est un jus de veau. Tout ce sang, toute cette souffrance, je trouvais ça obscène. Obscène et dégoûtant.

— Alors, maman, tu n'es plus cartésienne ? »

Elle ne répond pas, mais je ne désespère pas qu'elle me réponde un jour.

29

Dans la bibliothèque de mes parents, j'ai découvert un jour un livre dans lequel chaque page ou presque était couverte de gribouillis, avec des formules soulignées ou entourées au crayon. C'était l'écriture de maman. Je me dis que ce devait être un livre important pour qu'elle le traitât ainsi. Je le lus cul sec, dans un état second, en frissonnant.

C'était *La pesanteur et la grâce* de Simone Weil (1909-1943), un des coups de foudre de ma vie. J'avais dans les quatorze ans et je serais bien incapable de dire combien de fois je l'ai relu depuis. Je ne pars jamais longtemps en voyage sans emporter avec moi *Les pensées* de Pascal et *Crime et châtiment* de Dostoïevski mais il me semble qu'il n'y a aucun jour de ma vie où je n'ai eu ce livre près de moi, sur ma table de chevet, comme si j'avais besoin de sa présence pour m'endormir.

Maman avait raison. Après que je lui eus dit combien ce livre m'avait bouleversé, elle laissa tomber ces paroles prophétiques :

« Garde-le, je te le donne. Ne t'en sépare jamais. C'est le meilleur ami que tu puisses avoir, les bons et les mauvais jours. Il ne te décevra pas et t'aidera tout le temps. Je ne sais pas ce que j'aurais fait sans lui. »

C'est un recueil de pensées, écrites dans l'urgence et rassemblées après la mort de Simone Weil par le philosophe catholique Gustave Thibon. Quelques mois avant de disparaître, à l'âge de trente-quatre ans, elle lui avait remis une dizaine de gros cahiers où elle consignait ses réflexions au jour le jour. Après qu'il lui eut fait part dans une lettre de son émotion à leur lecture, elle lui répondit par courrier : « J'espère qu'après avoir subi en vous une transformation, elles sortiront un jour dans un de vos ouvrages. Car il est certainement préférable pour une idée d'unir sa fortune à la vôtre qu'à la mienne. J'ai le sentiment que la mienne ici-bas ne sera jamais bonne. »

Là-haut, dans les cieux, elle ne le sera pas davantage, prend-elle soin d'ajouter.

Telle est Simone Weil : un être entier, sur le fil, qui vit tout dans l'absolu, jusque son humilité. Elle correspond tout à fait à sa définition de l'Éternel humain : « Un néant capable de Dieu. » À ceci près qu'elle est aussi capable de tout. Elle n'entre dans aucune catégorie. Philosophe, ouvrière, militante trotskiste, combattante de la France libre, mystique syncrétiste, sainte laïque, elle aura été tout cela à la fois, jusqu'aux limites du possible, jusqu'à mourir d'inanition et d'une tuberculose qu'elle n'a pas songé à soigner vraiment.

Sur les photos, elle apparaît comme un être chétif et malingre qui travaille à se rendre moche alors qu'elle était, dans sa jeunesse, d'une grande beauté. Elle déteste le confort, adore se faire mal et ne s'épargne aucune mortification. Elle pousse même l'ascétisme jusqu'au martyre. Après avoir travaillé à la chaîne chez Renault ou cassé des cailloux avec les chômeurs du Puy, cette agrégée de philosophie, exclue de l'Éducation nationale par les lois antijuives, deviendra fille de ferme et se nourrira de mûres cueillies dans les broussailles, pour pouvoir envoyer aux prisonniers politiques de l'« État français » du maréchal Pétain ses surplus de tickets de rationnement.

Elle est toujours du côté des humiliés et des offensés, et elle veut vivre avec eux. C'est ainsi que, pendant l'occupation nazie en France, elle répond au juge qui, après l'avoir longuement interrogée sur son gaullisme, menace de l'incarcérer avec des prostituées : « J'ai toujours rêvé de connaître ce milieu. » Remarque qui la sauvera : le magistrat décide de remettre cette cinglée en liberté.

Il y a chez ce petit bout de femme quelque chose de surnaturel, adjectif dont Gustave Thibon disait qu'il ne s'était jamais mieux appliqué qu'à elle, parmi toutes les personnes qu'il avait rencontrées dans sa vie. Elle était habitée. Pas par elle-même, on l'a compris, mais par une nuée d'âmes, celles de tous les damnés de la terre qu'elle portait en elle. Sainte Simone du malheur social. Sainte Simone de la condition ouvrière. Sainte Simone de la Croix de Lorraine.

Je l'avais canonisée sitôt après avoir lu *La pesanteur et la grâce* et je dois dire, ma réputation dût-elle en souffrir, qu'elle fait partie des morts qui, comme mes parents, me parlent dans la tête. C'est ma grande sœur, en tout cas quelqu'un de ma famille. Souvent, elle m'admoneste. Je ne me conforme à aucune de ses objurgations ou rappels à l'ordre, sauf exception, mais j'aime les entendre et penser qu'un jour je pourrais exécuter ses volontés pour devenir une belle personne comme elle. Un saint avec, dans le regard, le même rayonnement qui illumine ses photos de l'époque. Un saint doté de cette lucidité crue et transperçante que l'on retrouve chez les malades en stade terminal. Un saint dont ma mère, avatar de Simone Weil, aurait enfin l'occasion d'être fière.

Simone Weil est la fille de Maître Eckhart (1260-1328) qui est lui-même le fils que Plotin et saint Augustin auraient pu avoir ensemble. Prédicateur et théologien né en Thuringe avant de vivre en France, à Strasbourg, à Paris ou à Avignon, ce dominicain est un apôtre du renoncement et du dépouillement sur le mode : « Je crois, donc il ne faut plus que j'existe. » Dans *Traités et sermons*, Maître Eckhart explique notamment que, pour atteindre la béatitude, il faut faire le vide en soi. S'anéantir. C'est à cause d'idées de ce genre qu'il s'est attiré les foudres de l'Inquisition jusqu'à ce que, un an après sa mort, le pape Jean XXII condamne comme hérétiques dix-sept de ses propositions.

Il y a des échos de Maître Eckhart dans l'œuvre de Simone Weil qui flamboie de formules à la lecture desquelles je me sens toujours plus ou moins sale. Des formules qui tournent toujours autour des mêmes questions :

La destruction de soi : « Nous ne possédons rien au monde — car le hasard peut tout nous ôter — sinon le pouvoir de dire je. C'est cela qu'il faut donner à Dieu, c'est-à-dire détruire. Il n'y a absolument aucun autre acte libre qui nous soit permis, sinon la destruction du je. »

La nécessité du détachement : « Détacher notre désir de tous les biens et attendre. L'expérience prouve que cette attente est comblée. On touche alors le bien absolu. »

La vanité de la possession : « On ne possède que ce à quoi on renonce. Ce à quoi on ne renonce pas nous échappe. En ce sens, on ne peut posséder quoi que ce soit sans passer par Dieu. »

L'accomplissement de la béatitude : « Que la lumière éternelle donne, non pas une raison de vivre et de travailler, mais une plénitude qui dispense de chercher cette raison. »

La grâce par l'humilité : « S'abaisser, c'est monter à l'égard de la pesanteur morale. La pesanteur morale nous fait tomber vers le haut. »

Son credo ? Notre Père qui êtes aux cieux, délivrez-moi de moi-même. Autant dire que je ne l'ai jamais écouté : mon hédonisme naturel m'interdit de suivre la pente raide et doloriste de Simone Weil. S'il avait pu la lire, Frédéric Nietzsche, mort neuf ans avant qu'elle naisse, aurait sans doute raillé son aspiration anorexique au suicide dont le christianisme a fait, selon lui, le levier de sa puissance à travers « le martyre et la lente suppression de soi de l'ascète ». Sans avoir oublié, bien sûr, de proscrire toutes les autres manières de se tuer.

Il y a néanmoins dans les écrits de Simone Weil des vérités d'une violence inouïe : elles sont au-delà du raisonnement. Elles vous défoncent, vous éventrent, vous laissent pantelants. Elles ne sont pas de notre époque, laquelle, après la mort de Dieu, se vautre dans la cupidité, le matérialisme et le culte des apparences, les trois faces de la même fange où nous sommes en train de nous perdre.

Simone Weil ou la mauvaise conscience du monde. Obsédée par le « malheur répandu sur la surface du globe » et soucieuse d'y prendre sa part, elle est l'une des plus belles personnes de ce monstrueux XXe siècle aux dizaines de millions de martyrs. Une sainte de type nouveau. Je suis sûr que, comme elle l'a souvent écrit, elle fut heureuse de mourir, autrement dit d'être rappelée à Dieu.

30

Quand j'étais étudiant à la faculté de droit de Rouen, j'avais un ami très lettré, qui ne pouvait pas aligner trois phrases sans ajouter une citation, ce qui donnait à peu près ceci : « Depuis que j'aime cette fille, je me sens plus fort. C'est ce que disait Feuerbach : "Seul celui qui aime existe." J'ai l'impression d'exister bien plus aujourd'hui, et en même temps, il faut le reconnaître, je commence à avoir peur, une peur qu'a très bien définie Proust dans la *Recherche* : "Sous toute douceur charnelle un peu profonde, il y a la permanence d'un danger." » Et ainsi de suite.

Je me souviens qu'il citait souvent Simone Weil dont il n'a pas réussi à me dégoûter, et aussi André Malraux, toujours un peu emphatique, qu'il a fini par me faire prendre en grippe. C'est en tout cas grâce à cet ami, je crois, que j'ai eu l'idée d'entamer, avec un certain succès, une carrière de mystificateur. À l'examen de ma première année, j'avais enrichi ma copie de droit constitutionnel d'une bordée de fausses citations et quand elle m'est revenue, parée d'un 18 sur 20, je remarquai qu'à chacune d'entre elles était accolée une observation du professeur : « Très bien ! » ou « Excellent ! ». J'ai poursuivi la supercherie dans mes éditoriaux que j'ai longtemps truffés de proverbes apocryphes.

Je ne me suis jamais fait prendre. Aujourd'hui que je me suis rangé, je me contente de noter dans un petit carnet noir toutes les citations dont je me dis qu'elles peuvent être utiles, des citations de Simone Weil, bien sûr, mais aussi de beaucoup d'autres comme celles-ci, toujours géniales même quand parfois elles paraissent un peu bêtasses :

Heureux nous qui vivons sans haine parmi les gens haineux. Au milieu des gens haineux, demeurons sans haine.

BOUDDHA

La perfection morale consiste en ceci : à passer chaque jour comme si c'était le dernier, à éviter l'agitation, la torpeur, la dissimulation.

MARC AURÈLE

Entre la foi et l'incrédulité, un souffle
Entre la certitude et le doute, un souffle
Sois joyeux dans ce souffle présent où tu vis
Car la vie elle-même est dans le souffle qui passe.

OMAR KHAYYÂM

Cherche-toi jusqu'à ce que tu te trouves, puis quitte-toi lorsque tu te seras trouvé.

Proverbe soufi

Connaître le tout de Dieu et le rien de l'homme, telle est la perfection.

ANGÈLE DE FOLIGNO

Taisez-vous et Dieu vous parlera. Comment voulez-vous qu'il le fasse quand vous faites tant de bruit ?

FÉNELON

Dieu est le seul être qui, pour régner, n'ait même pas besoin d'exister.

CHARLES BAUDELAIRE

Je préfère être avec le Christ plutôt qu'avec la vérité.

FEDOR DOSTOÏEVSKI

Dans le doute, dites la vérité.

MARK TWAIN

Dieu n'a pas mal réussi la nature mais il a raté l'homme.

JULES RENARD

La Terre n'appartient pas à l'homme, c'est l'homme qui appartient à la Terre.

SITTING BULL

Ma vie n'est qu'un instant, une heure passagère.
Ma vie n'est qu'un seul jour qui m'échappe et qui fuit
Tu le sais, ô mon Dieu ! pour t'aimer sur la terre
Je n'ai rien qu'aujourd'hui.

THÉRÈSE DE LISIEUX

Les joies du monde sont notre seule nourriture. La dernière goutte nous fait encore vivre.

JEAN GIONO

Tout catholicisme est vrai s'il est dément, s'il crucifie la nature, s'il heurte l'homme dans ses affections, s'il est dur, s'il est véhément, s'il donne et s'il sauve dans la même minute.

JULIEN GREEN

Souriez-vous les uns les autres.

MÈRE TERESA

Tout ce qui ne se régénère pas dégénère.

EDGAR MORIN

Les animaux du monde existent pour leurs propres raisons. Ils n'ont pas été créés pour les humains, pas plus que les Noirs n'ont été créés pour les Blancs ou les femmes pour les hommes.

ALICE WALKER

Avant notre naissance, on était très bien. L'au-delà égale l'en-deçà.

MICHEL TOURNIER

J'aime les citations, mais pas autant que les livres qui, pour moi, sont des personnes. Des personnes qui inspirent toujours confiance parce qu'elles ne mentent pas et ne changent jamais.

31

Dis-moi ce que tu lis, je te dirai qui tu es. Sur une table de chevet et au-dessous, il y a des piles de livres, que je prends soin de ne jamais effleurer : elles sont si hautes, parfois, qu'elles s'écroulent au premier brinquebalement. Ce sont les livres de ma vie, comme on dit l'homme ou la femme de sa vie. Je sais qu'il y en a trop, mais je n'ai jamais fait dans la mesure, ni sur ce plan ni sur les autres.

Ils ne figurent pas nécessairement parmi les chefs-d'œuvre de la littérature qui, pour certains, me narguent depuis la bibliothèque, à droite de mon lit, où trônent, entre les livres d'Homère, de Tolstoï, d'Albert Camus ou de Régis Debray, des portraits encadrés et dédicacés de Julien Green ou de Norman Mailer. Ce sont les textes ou les romans qui ont le plus compté dans ma vie, dont je possède souvent plusieurs exemplaires et sur lesquels je suis toujours revenu :

SA VIE PAR ELLE-MÊME, *par sainte Marguerite-Marie Alacoque (Éditions Saint-Paul)*

Les Mémoires d'une des saintes les plus insensées de l'histoire de la chrétienté, grande mystique du XVIIe siècle, à qui Dieu parle tout le temps. Pour se mortifier ou apprendre à se vaincre, la Bien-Aimée du Sacré-Cœur ira jusqu'à manger le vomi d'un malade qu'elle soigne avant de se remplir la bouche des déjections d'un dysentérique.

PROSLOGION, ALLOCUTION SUR L'EXISTENCE DE DIEU, *par saint Anselme de Cantorbéry, traduction, préface et notes de Bernard Pautrat (GF-Flammarion)*

Contrairement à ce qu'il croit, Anselme n'apporte aucune preuve de l'existence de Dieu. Il découvre simplement la « joie pleine ». Ce n'est déjà pas mal. Il fait du bien.

LES POÈTES, *par Louis Aragon (Gallimard)*

Mon recueil préféré de poésie. Aragon m'en a offert un exemplaire dédicacé auquel je tiens comme à la prunelle de mes yeux. Le génie à l'état pur. À psalmodier la nuit, quand « tout semble prêt au venir des vertiges ».

LES CONFESSIONS, *par saint Augustin (dans la plupart des collections de poche)*

En un seul volume, toute la grandeur, toute la beauté, toutes les failles du christianisme. Augustin, qui se regarde écrire et s'écoute prier, est devenu pour moi un vieil ami que j'admire sans le prendre vraiment au sérieux.

HERZOG, *par Saul Bellow (Folio)*

Si le roman est une dépression nerveuse sublimée par l'écriture, *Herzog* en est le modèle. Le comique humain dans tous ses états à travers la déglingue d'un universitaire de Chicago. Où l'on peut vérifier que, comme disait Bossuet, « tout est vain en nous, excepté le sincère aveu que nous faisons devant Dieu de nos vanités ».

HISTOIRE NATURELLE DE L'ÂME, *par Laura Bossi (Presses universitaires de France)*

Une sorte d'encyclopédie universitaire du surnaturel. Mon guide de l'au-delà. Je l'emporterai quand je m'y rendrai.

LES PONEYS SAUVAGES, *par Michel Déon (Folio)*

Le grand roman d'une génération au milieu des tempêtes de l'affreux et stupide XXe siècle. Le pendant romanesque de *L'homme révolté* d'Albert Camus et des œuvres de Hannah Arendt.

L'ANIMAL QUE DONC JE SUIS, *par Jacques Derrida (Galilée)*

Une revigorante fessée philosophique administrée à quelques grands maîtres de la pensée occidentale, qui n'ont pas perçu la vérité des animaux, considérés par Heidegger comme

« pauvres en monde ». Derrida ou le vengeur des bêtes — philosophiquement, s'entend.

CRIME ET CHÂTIMENT, *par Fedor Dostoïevski (dans la plupart des collections de poche)*

Selon Julien Green, le plus grand roman de l'histoire de la littérature. Son ami Stefan Zweig lui avait dit qu'il l'avait, comme lui, lu en tremblant. La preuve que le style compte moins que les personnages qui, dans ce livre, sont vivants. Quand j'entre dedans, je me dis parfois qu'un jour je n'en reviendrai pas : je resterai avec eux, paralysé par la peur qu'ils inspirent.

LE SILENCE DES BÊTES, *par Élisabeth de Fontenay (Fayard)*

Quand une philosophe donne, enfin, la parole aux animaux. Le tombeau de tous les oubliés de la Création.

SOLITUDE DE LA PITIÉ, *par Jean Giono (Folio)*

Mon maître, mon ami, mon frère de Provence. Je ne l'ai jamais rencontré et pourtant c'est comme si je le connaissais depuis toujours. Il me semble qu'on a raté sa vie si on n'a pas lu ce livre-là ni *Colline*, ni *Le grand troupeau*, ni *Un roi sans divertissement.*

PAMPHLET CONTRE LES CATHOLIQUES DE FRANCE, *par Julien Green (Fayard)*

Toute la puissance de Julien Green dans cette

diatribe forcenée, écrite au poignard et publiée à vingt-quatre ans, sous le pseudonyme de Théophile Delaporte.

BIG SUR, *par Jack Kerouac (Folio)*

L'art de tout prendre à la légère. La foi, l'amour et la littérature. Comme quoi, l'alcool peut permettre de mieux comprendre le monde. À lire un verre de vin à la main.

L'EXTASE MATÉRIELLE, *par J.M.G. Le Clézio (Folio)*

Le magnifique manifeste panthéiste d'un grand frère qui, comme moi, a passé son enfance à parler au vent, à converser avec les arbres et à observer le manège des fourmis.

PENSÉES POUR MOI-MÊME, *par Marc Aurèle (GF-Flammarion)*

À consulter le plus souvent possible. Pour apprendre à devenir sérieux et pour ne pas rater sa vie.

MA VIE PARMI LES OMBRES, *par Richard Millet (Folio)*

Un chef-d'œuvre en forme de requiem qui prête sa voix aux taiseux et aux gens de peu des hautes terres limousines, dernières incarnations d'un monde rural englouti. J'aime en lire des morceaux à voix basse avant de m'endormir.

LE GAI SAVOIR, *par Frédéric Nietzsche (dans la plupart des collections de poche)*

Le livre de Nietzsche que je préfère, même si j'aime tous les autres sans exception. Il y a chez lui un rire qui rattrape tout et n'épargne rien, même pas lui-même, qui disait « rire de tout maître qui n'a su rire de soi-même ».

CONTRE-HISTOIRE DE LA PHILOSOPHIE, *par Michel Onfray (Livre de Poche)*

Une œuvre monumentale. Le plus beau travail philosophique contemporain.

C'EST UNE CHOSE ÉTRANGE À LA FIN QUE LE MONDE, *par Jean d'Ormesson (Laffont)*

Le roman de la science, de la philosophie et de l'humanité, ou comment dire des choses compliquées avec des mots simples. Pour ne pas oublier de se souvenir que la terre a tourné et tournera sans nous.

LES PENSÉES, *par Blaise Pascal (dans la plupart des collections de poche)*

Le livre que j'ai le plus souvent relu dans ma vie. Un éblouissement où éclatent toutes nos contradictions entre la raison et la foi. Il ne faut pas méditer ses formules, mais vivre avec et se les répéter tout le temps. Ainsi : « Le moi est haïssable. »

DE GOUPIL À MARGOT, *par Louis Pergaud (Folio)*

Un roman dont les héros sont, entre autres, un renard, un lièvre et une fouine. Le bijou du panthéisme littéraire par l'auteur de *La guerre des boutons*, mort à trente-trois ans comme Jésus pendant la guerre de 14-18.

TROIS TRAITÉS POUR LES ANIMAUX, *par Plutarque, traduit par Jacques Amyot, avec un texte d'Elisabeth de Fontenay (POL)*

La bible des végétariens.

SIMONE WEIL, LE COURAGE DE L'IMPOSSIBLE, *par Christiane Rancé (Seuil)*

Ode lyrique à la plus grande sainte laïque, ce livre la déterre et la rend à la vie. Je vais souvent l'y retrouver pour la regarder et l'écouter, ce qui me permet de vérifier que la biographe est aussi déjantée que son modèle. Je me sens moins seul.

PORTNOY ET SON COMPLEXE, *par Philip Roth (Folio)*

Le sommet de la dérision et de l'autodérision, pour rire de la condition humaine à gorge déployée, dans son lit, la nuit. À déconseiller si les ressorts du sommier sont grinçants : le voisinage se plaindra.

L'ÉTHIQUE, *par Spinoza (GF-Flammarion)*

Dans sa correspondance, Flaubert recommande son secours en citant Goethe : « Quand je me sens troublé, je relis *L'éthique.* » Pour ma part, c'est comme pour le vin, j'ai toujours une bonne raison d'y revenir : quand ça va bien et quand ça va mal.

TORTILLA FLAT, *par John Steinbeck (Folio)*

Un clochard hérite d'une maison et c'est le commencement des ennuis. Une fable acide contre l'argent par l'auteur des *Raisins de la colère* et *Des souris et des hommes,* deux autres chefs-d'œuvre.

HISTOIRE D'UNE ÂME, *par Thérèse de Lisieux (Pocket)*

Un bain de jouvence, de pureté et de simplicité. Pour retrouver l'esprit de l'enfance. Chaque fois que je lis ses *Mémoires* officiels ou ses « manuscrits autobiographiques », c'est comme si je devenais la petite sainte en extase devant Jésus, son « divin époux ».

LE ROI DES AULNES, *par Michel Tournier (Folio)*

Le mausolée de la folie des hommes en général et des nazis en particulier. Pour nous déniaiser une fois pour toutes.

LES AVENTURES DE HUCKLEBERRY FINN, *par Mark Twain (dans la plupart des collections de poche)*

Le roman apologétique d'un sale gosse, écrit par le prince des mauvais esprits qui a dit :

« C'est plus facile d'avoir des principes quand on est bien nourri. »

LA PESANTEUR ET LA GRÂCE, *par Simone Weil (Pocket)*

Sa folie ne fait aucun doute. Son génie et sa pureté non plus. J'ai toujours l'impression de retrouver quelque chose de ma mère quand je la lis. De l'amour, de l'hystérie. Chacune de ses pensées vous transperce. Celle-ci, par exemple, au hasard : « Rien de ce qui existe n'est absolument digne d'amour. Il faut donc aimer ce qui n'existe pas. »

LA NUIT, *par Élie Wiesel (Minuit)*

Le mal absolu, dans toute sa pureté, sans littérature. À relire régulièrement, pour se rappeler de quoi les hommes sont capables. Une leçon à méditer au milieu de la foule. Par exemple, dans un concert ou dans le métro. Ne pas l'oublier : les gardiens de camp sont toujours parmi nous.

Je suis le roi des livres et me couche chaque soir au milieu de ma cour. Parfois, le désordre de ma tête et de ma vie m'amène à perdre un de mes favoris, que j'ai prêté à Dieu sait qui, quand je ne l'ai pas oublié quelque part, et il disparaît de mon horizon pendant des années, parfois des décennies, comme *Nadja* d'André

Breton, avant que je retombe dessus. J'aime les retrouvailles.

Quand viendra le temps de fermer le cercueil autour duquel je tourne aujourd'hui, je demande qu'on me mette en terre avec mes livres. Je voudrais pourrir avec eux qui ont fait de moi ce que je suis, en espérant qu'un jour, dans quelques millénaires, une créature venue d'ailleurs les découvrira au milieu de mes ossements brisés...

32

La mort, du moins si on réussit à vivre jusque-là, n'est pas toujours un mauvais moment à passer. Il y a plusieurs façons de mourir. En criant ou en pleurant, mais aussi en rigolant. Elle n'affecte pas nécessairement la bonne humeur des impétrants. Surtout quand ils sont croyants.

J'aimais beaucoup André Frossard, catholique forcené et mauvais esprit qui, après Paul Claudel, avait rencontré Dieu dans une église. Il se fichait pas mal de mourir : on aurait même dit que ça l'amusait. Quand il était sur la fin, à l'hôpital, sa pauvre carcasse assaillie de partout par toutes les maladies possibles et imaginables, il me demandait de lui apporter des paquets de cigarettes et des bouteilles de bordeaux. Du La Conseillante, pour être précis. J'arrivais la sacoche pleine et il les cachait dans le faux plafond de sa chambre, avec des réflexes de vieux résistant, réfractaire à tout, en dehors du Tout-Puissant et du pape Jean-Paul II, son vieil ami.

« C'est comme à la guerre, plaisantait-il, mais celle-là, je l'ai déjà perdue. »

Un jour, alors qu'il sortait du coma, André Frossard me fit prévenir qu'il était ressuscité : je compris que c'était une façon délicate de me demander de me rendre à son chevet. Je pris la voiture en direction de Versailles. Avant d'entrer dans sa chambre, je croisai dans le couloir un homme d'un certain âge. Il avait l'air sévère des gens qui viennent d'apprendre une mauvaise nouvelle.

André Frossard m'accueillit avec un grand sourire, sans relever la tête de son lit d'agonie, mais en me tendant une main qui me sembla ferme.

« Vous venez de croiser quelqu'un ? » demanda-t-il.

Je hochai la tête, étonné par son ton badin alors que tout, à commencer par son teint terreux, semblait indiquer qu'il était à l'article de la mort.

« C'est mon meilleur ami, reprit-il. Jean-Paul Binet. Un grand professeur de médecine. On se connaît depuis toujours. Comment était-il ?

— Grave.

— On le serait à moins. »

Sur quoi, il me raconta qu'en voyant son ami dans l'embrasure de la porte il avait aussitôt fermé les yeux et fait semblant de dormir. L'autre s'était assis sur la chaise, à côté du lit, et lui avait parlé comme on parle aux mourants quand ils sont déjà à moitié partis, en évoquant les bons souvenirs, et ils en avaient beaucoup. Jusqu'à ce qu'André Frossard daigne enfin revenir au monde en ouvrant à nouveau les paupières.

Le professeur Binet s'était levé, puis :

« Tu me reconnais ? »

André Frossard avait à nouveau fermé les yeux, en signe de concentration, avant de laisser tomber, en les rouvrant :

« Oui, Georges Clemenceau. »

Après ça, il n'avait plus rien dit jusqu'à ce que Jean-Paul Binet, le premier visiteur de sa journée de résurrection, se décide à repartir. Dans l'antichambre de la mort, André Frossard n'avait pas changé. Il fallait toujours qu'il fasse des blagues.

Je me souviens encore de son rire après qu'il m'eut raconté celle-là, un grand rire suffoqué secouant son corps percé d'aiguilles de perfusion. André Frossard ou l'homme qui plaisantait sur son lit de mort et prenait son trépas à la farce.

Même si elle n'est pas « risible », la mort n'est pas forcément une tragédie. Il fut un temps où tout le monde avait lu le livre de l'Ecclésiaste qui nous rappelait la vanité du monde, des êtres ou des choses. Il fut un temps où les vieux poussaient leur dernier soupir en famille, devant les petits-enfants qui leur tenaient la main et qui aideraient, ensuite, à les préparer pour le cercueil en commençant par boucher avec du coton tous les orifices des cadavres, afin d'empêcher les écoulements intempestifs, quand les chairs s'abandonnent et lâchent leur jus. La besogne terminée, tout le monde, les plus jeunes comme les autres, allait poser un baiser sur les fronts moisis avant que les croque-morts ferment le cercueil. La mort n'était alors ni cachée ni strictement réservée aux hôpitaux, pour ne pas traumatiser des populations qu'il s'agit aujourd'hui, selon le principe prophétique de la « tyrannie douce » de Tocqueville, d'assister, de rassurer, de protéger. Je fus de ce temps-là, du moins à son couchant.

Certes, la peur de la mort est de toutes les époques, mais il semble bien que, sur ce plan, l'humanité n'ait fait aucun progrès. Elle ne l'évacuera pas en la niant comme elle le fait désormais. Dans *Le gai savoir*, Nietzsche se réjouit « de voir que les hommes ne veulent absolument pas penser la pensée de la mort ». N'est-ce pas, pourtant, ce qui ferait la différence avec le règne animal ? Quand, adolescent, je tuais mes volailles dans le poulailler familial, il y avait toujours, à l'instant du cri ultime, une sorte de sidération : toute la basse-cour semblait saisie, la crête levée, avant de retourner aussitôt à ses occupations, c'est-à-dire au ver qu'elle recherchait en grattant la terre devenue, sous ses ergots, une sorte de mélasse herbeuse. J'étais fasciné par la faculté des bêtes à passer tout de suite à autre chose et à laisser la vie reprendre son cours. Je me suis rendu compte, quelques années plus tard, qu'on retrouvait chez les humains la même aptitude à oublier la mort, ce qui n'est pas la meilleure façon de la vaincre ou de l'apprivoiser.

Dans le même passage du *Gai savoir*, Nietzsche en vient au demeurant à se contredire avec ce morceau de bravoure : « Vivre au milieu de ce dédale de ruelles, de besoins, de voix suscite en moi un bonheur mélancolique : que de jouissance, d'impatience, de désir, que de vie assoiffée et d'ivresse de vivre se révèle ici à chaque instant ! Et pourtant, tous ces êtres bruyants, vivants, assoiffés de vie plongeront bientôt dans un tel silence ! » C'est là quelque chose que nous ressentons tous, surtout quand l'âge vient : une nostalgie anticipatrice, une tristesse avant-coureuse. Si l'on n'y prend garde, ces sentiments peuvent gâcher la vie, cette vie si chère au philosophe.

C'est pourquoi il faut, contrairement à ce qu'il dit, penser la pensée de la mort. Les Anciens nous ont beaucoup appris là-dessus et le moindre d'entre eux n'est pas Épicure (341-270 avant Jésus-Christ) qui nous annonçait déjà que la « mort n'est rien pour nous puisque, tant que nous existons nous-mêmes, la mort n'existe pas et que, quand la mort existe, nous ne sommes plus ». « Donc, concluait-il, la mort n'existe ni pour les vivants ni pour les morts. »

J'ai connu beaucoup de gens qui allaient à la mort d'un pas décidé, avec allégresse parfois. Ma mère, qui l'attendait comme une délivrance du cancer qui la mangeait vivante. Julien Green, qui décida, de son propre chef, de tomber dans le coma parce que la vie lui suffisait comme ça. Tous relativisaient leur mort, comme si elle n'était qu'un point de passage vers autre chose, un changement de paragraphe. Je suis sûr qu'aucun ne croyait à la résurrection des morts à partir des os et des dents, comme l'annonçaient les Pères de l'Église, après que nos squelettes démantibulés auront roulé jusqu'aux portes de Jérusalem. Ils acceptaient simplement leur destin, comme Martin Luther qui, deux jours avant sa mort, déclarait en rigolant qu'il se coucherait bientôt dans son cercueil pour donner aux vers un « docteur bien gras à manger ». Comme saint Vincent de Paul qui, voyant la mort à ses pieds, lui dit, méprisant : « Que veux-tu, Mort ? Te figures-tu que tu vas pouvoir quelque chose sur un chrétien ? »

33

Plusieurs fois, j'ai entendu François Mitterrand pousser la même exclamation. La première fois, nous étions assis à la terrasse d'un café à Paris, le visage caressé par un vent tiède, annonciateur du printemps, qui asticotait les bourgeons au bord de l'explosion. L'autre fois, c'était dans une forêt du Morvan, pendant une promenade digestive, après que nous eûmes soulagé nos vessies sur des orties qui proliféraient à la lisière. « Ce serait quand même merveilleux, dit-il à peu près, si tout s'arrêtait à l'instant et que nous puissions vivre jusqu'à la fin des temps le bonheur que nous vivons maintenant ! »

Il y a des moments de grâce que l'on voudrait conserver pour l'éternité. Des sentiments dont on ne souffre pas l'idée qu'ils puissent mourir un jour. Des images que l'on rêverait de figer à tout jamais dans le marbre.

Telle est la tragédie du genre humain : ni l'amour, ni la beauté, ni la vertu ne sont épargnés par la grande meule du temps qui nous ramène toujours à notre condition d'intermittents de la vie et ne nous laisse jamais rien, sinon quelques miettes de souvenirs, aussitôt balayées.

Face au temps qui passe, la foi n'est d'aucune utilité ; il ne faut pas compter sur elle pour apporter la moindre consolation, ce qui n'est au demeurant pas sa vocation. C'est l'instinct vital qui nous permet, à nous comme à toutes les créatures de l'univers, de ne pas perdre pied et de tout recommencer quand tout est perdu.

L'instinct vital de nos sœurs les fourmis qui refont leurs galeries, à l'infini, après chaque orage. L'instinct vital du monarque américain, titan ailé et minuscule, qui accomplit chaque année un voyage de plusieurs milliers de kilomètres, porté par les vents, avec des nuées de congénères papillons, pour pondre ses œufs sur le dessous duveteux d'une feuille de laiteron. L'instinct vital, enfin, d'Épicure, qui recherchait la vie heureuse par la philosophie et dont Nietzsche écrivait : « Seul un être continuellement souffrant a pu inventer un tel bonheur, le bonheur d'un œil face auquel la mer de l'existence s'est apaisée, et qui désormais ne peut plus se rassasier de contempler sa surface et cette peau marine, chamarrée, délicate, frémissante : jamais auparavant il n'y eut une telle modestie de la volupté. »

Rien ne nous interdit de penser que le christianisme ne s'inventera pas un jour, après sa refondation franciscaine, une renaissance épicurienne. Érasme de Rotterdam (vers 1469-1536) s'y était attelé. Dans *Éloge de la folie*, il a jeté les bases d'une ascèse du plaisir et du renoncement en battant en brèche le clergé de l'époque qui se ventrouillait dans le luxe et la luxure.

Mais il n'a pas eu de chance. Martin Luther lui est tombé dessus pour le tailler en pièces avec un livre plein de fougue et de drôlerie, *Du serf arbitre*. En matière polémique, Érasme n'était pas à la hauteur. Dommage. C'est avec des doctrines comme celle d'Érasme que le christianisme se régénérera et se sauvera contre lui-même. L'Église a raté ce coche-là. Elle ne pourra se permettre indéfiniment de rater les suivants.

Aujourd'hui, on dirait, il ne sort plus d'elle qu'un suintement tiédasse. Elle prêche dans le vide où, apparemment, elle est dans son élément. Tombée dans l'habitude et le radotage, elle semble arrivée au bout de son cycle, sinon de son histoire.

J'écris ces lignes avec une certaine gêne, à cause du regard de ma mère, que je sens par-dessus mon épaule, et avec un grand déplaisir, parce que le christianisme est ma famille et que j'ai mal pour lui. Je ne parle pas seulement des églises qui se vident ou des vocations qui se font plus rares. Il y a aussi quelque chose qui s'éteint en lui. Le feu sacré.

Pour ranimer sa flamme à moitié morte, il

faut qu'il s'ouvre au monde, au lieu de se racornir sans cesse un peu plus, comme un fruit sec, j'allais dire un caillou. Dans *Attente de Dieu*, un recueil de lettres écrites à son confident dominicain, le R.P. Perrin, Simone Weil, ma sainte personnelle, a tout dit sur l'enfermement de l'Église : « La Grèce, l'Égypte, l'Inde antique, la Chine antique, la beauté du monde [...], le spectacle des replis du cœur humain dans des cœurs vides de croyance religieuse, toutes ces choses ont fait autant que les choses visiblement chrétiennes pour me livrer captive au Christ. » Elle ose même ajouter : « L'amour de ces choses qui sont hors du christianisme visible me tient hors de l'Église. »

Je rêve d'un christianisme qui se réconcilierait avec l'univers et avec lui-même. Il est temps, par exemple, qu'il réhabilite Giordano Bruno (1548-1600), théologien et philosophe condamné à mort par les imbéciles qui, depuis des siècles, travaillaient d'arrache-pied en son sein à la ruine de l'Église. Les grands hommes dérangent leur digestion, ils leur donnent des lourdeurs d'estomac. Après l'avoir mis entre les pinces et les tenailles de l'Inquisition, ils l'ont fait brûler pour hérésie en place publique, à Rome. Une tête brûlée, contrairement à Galilée qui, devant le Saint-Office, accepta de se rétracter en remballant ses vérités. Un saint, un vrai, qui aurait dû être canonisé depuis longtemps.

Alors que je lui annonçais mon intention

d'écrire, en toute modestie, une sorte d'hymne à Dieu, mon ami Michel Onfray m'adjura de ne rien commencer sans « relire » Giordano Bruno. Il se trouve, preuve de mon ignorance encyclopédique d'imposteur journalistique, que je ne l'avais jamais lu. Pour moi, ce n'était qu'une vague légende, un héros romantique. J'ai découvert un prophète hallucinant qui, dans son œuvre maîtresse, *L'infini, l'univers et les mondes*, développe une théorie que la science confirmera. Avec ça, des fulgurances, un art de la polémique et une langue vive, vigoureuse, qui change des « pensums » lourdauds.

En rupture avec la cosmogonie d'Aristote et l'anthropocentrisme du clergé, Giordano Bruno annonce à ses contemporains que l'univers est infini et composé de mondes innombrables, avec une multitude d'autres Soleils et d'autres Terres, sans doute, pour certaines, habitées comme la nôtre. Coupable d'avoir tout vu avant les autres dans un siècle encore aveugle et de s'être élancé vers Dieu en utilisant la raison, il fut excommunié tour à tour par les catholiques, les calvinistes et les luthériens.

Pendant son procès en hérésie, Giordano Bruno a soutenu que sa doctrine était conforme à celle de l'Église. Il est vrai qu'il parle bien de Dieu. Par exemple quand il dit que si l'univers est infini, c'est parce que Dieu l'est aussi. Ou encore quand il explique qu'il est inutile de le chercher en dehors de l'univers puisqu'il est en nous, « plus intimement en nous que nous ne sommes en nous-mêmes ».

Déjà franciscain, spinoziste, panthéiste, taoïste, bouddhiste, soufiste, animiste, épicurien, weilien et j'en oublie, me voici bruniste.

Je me souviens comme d'hier du visage consterné de maman, pauvre ramas d'ossements, sur son lit de malade au stade terminal, la bouche ouverte et les yeux vides, après que je lui eus fait un éloge très argumenté de Lao-tseu, ma coqueluche de l'époque :

« Alors, te voilà taoïste maintenant ! Mais qu'est-ce que tu ne seras pas, mon petit Franz ? Ta foi, c'est un vrai hall de gare, ma parole. Il serait temps que tu te poses, ne crois-tu pas ? »

Elle avait du mal à parler, sa langue collait au palais, elle peinait à la détacher. J'en ai profité pour plaider mon cas.

Dieu est une chose trop importante pour être confié à une seule religion. Je suis chrétien de toutes mes fibres mais je revendique le droit pour ma foi d'être irriguée aussi par la contemplation du monde, les veillées du soir, la naissance d'un enfant, un concerto de Bach, un air de Puccini, le visage de V., une conversation avec ma mère morte, le crépitement des blés mûrs sous le soleil d'été ou les écureuils qui, au petit matin, en ce moment même, sous mes yeux, sautent en dansant d'une branche à l'autre, devant la rade de Toulon.

Ma foi a besoin comme d'une sève d'autres croyances religieuses qui m'apportent ce qui manque dans le christianisme revu par saint Paul : l'univers, la nature, la joie du monde, le bonheur de la méditation, la douceur du regard des bêtes qui broutent, la jouissance des arbres qui se balancent dans la tiédeur du vent, les feuilles en pâmoison. Le bouddhisme nous apprend à respecter la « vie la plus infime » au nom du principe d'égalité entre toutes les créatures. Le taoïsme nous enseigne, lui, que tout est toujours recyclé ici-bas.

Je plains ceux qui moqueront mon confusionisme ou, s'ils ont des lettres, mon syncrétisme. Dieu est mort au XXe siècle, après la prophétie de Nietzsche, mais il a ressuscité depuis et il est aujourd'hui plus fort de toutes les religions qui font corps avec lui. Plus fort aussi de ce sens du mystérieux qu'aucune des idéologies assassines n'a réussi à vaincre et devant lequel tant de scientifiques s'inclinent, à l'instar d'Albert Einstein, apôtre du sentiment religieux, qui disait : « C'est une émotion fondamentale, qui est à la racine de tout art et de toutes sciences authentiques. Celui qui ne connaît pas cette émotion, qui n'a plus le sens du merveilleux, est comme mort, telle une bougie éteinte. »

Aujourd'hui, ce n'est plus Dieu qui se meurt ; c'est l'humanité, frappée du syndrome de la bougie éteinte, qui s'affaire dans ses mégalopoles à la gloire du Veau d'Or où la vue du ciel lui est constamment cachée.

Le culte de l'argent ne peut remplir ce qui la creuse. La foi l'attend, qui n'a peur de rien, ni du progrès ni de la modernité. Surtout pas du ridicule. Il me semble même que le ridicule est la condition de la foi. Qu'il est la preuve de son existence. Qu'il est le signe de l'anéantissement de l'ego.

Le ridicule est le pire ennemi de la vanité et la vanité est la pire ennemie de la foi. Moins le ridicule est caché, plus la foi est forte. Je n'ai pas peur de dire que j'ai souvent eu, pour ma part, une pratique ridicule de ma foi.

Je suis allé me recueillir, à plusieurs reprises, sur la tombe de ma mère, au cimetière d'Elbeuf, pour lui demander de m'aider à dénouer l'écheveau de mes problèmes sentimentaux, mais je n'ai jamais suivi aucun de ses conseils.

Je me suis fait surprendre à parler, non pas tout seul, comme n'importe quel fou, mais à des oliviers, à des abricotiers, à des sangliers, à des mouches, à des fourmis ou à des araignées. Il m'arrive même de parler aux pierres ou aux meubles.

Je ne parviens pas à m'enlever de la tête que tout a une âme. Les vieux habits que je garde plus que de raison et que j'ai le sentiment de trahir quand ils partent aux chiffons. Mes voitures hors d'âge que j'ai toujours abandonnées après qu'elles m'eurent elles-mêmes lâché en poussant un dernier soupir.

Je vais toujours trouver la personne à qui j'ai menti la veille pour lui avouer mon forfait, non pour soulager ma conscience, même si c'était lourd à porter, mais parce que je ne supporte pas l'idée d'avoir déçu le Dieu Créateur auquel, pourtant, je prétends ne pas croire.

Je me suis laissé aller, dans les moments de trouble, à suivre les conseils d'un fascicule de la Société américaine de la Bible, fondée en 1816, que Julien Green m'avait offert et qui stipulait entre autres : « Si vous affrontez une crise, lisez le psaume 46. Si vous êtes découragé, réfléchissez sur le psaume 23. Si vous êtes seul ou apeuré, lisez le psaume 27. Si vous êtes inquiet pour les vôtres, lisez le psaume 107. Si vous êtes malade ou dans la peine, lisez le psaume 91. Quand les choses vont de mal en pis, essayez II Timothée 3. » Bien sûr, ça n'a jamais marché.

Passé du protestantisme au catholicisme, Julien Green disait : « Les protestants sont plus intelligents et plus intellectuels. Ils veulent la vérité littérale. Ils ont toujours une attitude héroïque. Ils refusent que quiconque se mette entre Dieu et eux. Ils disent tous : "Je suis mon propre pape." Moi, je suis comme un pauvre vieux chien. Je ne suis pas assez intelligent. Ni assez intellectuel. »

Moi aussi, je me sens comme un « pauvre

vieux chien » mais, à la différence de Julien Green, même si mon cœur reste catholique, je suis infidèle, toujours prêt à suivre de nouveaux maîtres, tant qu'ils ne me mettront pas en laisse, avant de retrouver le chemin de la maison.

Julien Green ne craignait pas de faire sourire à propos de sa foi en disant, par exemple, que la Sainte Vierge avait toujours veillé sur lui. « Il n'y a qu'une chose qui m'aide à m'endormir, m'a-t-il dit un jour, c'est de penser à la Sainte Vierge. Ne riez pas. C'est vrai qu'elle m'aide. N'oubliez pas que le Christ a dit à saint Jean quand il était sur la croix : "C'est ta mère. C'est notre mère à tous et elle nous aide à dormir." »

Dans la voix de Julien Green, je retrouvais celle de maman. Elle aurait été heureuse d'entendre ce discours et d'observer qu'il ne m'avait pas fait sourire. À ses yeux, la foi n'était jamais plus grande que lorsqu'elle devenait enfantine. Elle sera émerveillée, comme disait Einstein, ou elle ne sera pas. La mienne est brute et ouverte à tout vent.

Quelques jours après notre conversation sur Lao-tseu, ma mère avait tenté de la reprendre où on l'avait laissée :

« Quand on a plein de religions, c'est qu'on n'en a pas.

— Dieu n'est pas celui qu'on croit. Je crois au Dieu Univers, pas au Dieu Créateur, mais je suis chrétien, maman. Spinoziste et chrétien.

— Comment est-ce possible ?

— À cause du Christ, mort pour nous à trente-trois ans. C'est notre remords, notre espérance et le plus grand poète de tous les temps. Je le sens toujours à côté de moi. Je t'assure que je suis chrétien, maman.

— Tu es chrétien et son contraire, c'est ça ton problème. Il faudra quand même qu'un jour, rien que pour avoir l'esprit en paix, tu te décides à choisir. »

Je n'avais rien trouvé à répondre. Depuis toujours, je suis atteint d'un mélange de procrastination et d'esprit d'escalier qui fait de moi un handicapé de l'esprit de repartie.

Quand maman s'est éteinte, peu après cette discussion, j'étais si malheureux de l'avoir perdue que j'ai marché longtemps dans les rues pour épuiser ma douleur, même si je savais que je ne me remettrais pas de la mort de ma mère parce que c'est une des rares blessures dont on ne guérit jamais et qui coulera encore, je le sais, au moment de rendre l'âme, quand je laisserai tomber, si j'en ai le loisir, mes dernières paroles que, comme je l'ai prévu, j'aurai emprunté à Jean d'Ormesson qui en a fait le titre d'un de ses livres : « C'était bien ».

Oui, c'était bien et j'en aurais bien repris encore. J'en redemanderai même juste avant de m'en aller.

C'est plus de vingt ans après la mort de ma mère que j'ai enfin trouvé ce que j'aurais dû lui dire, ce jour-là, à l'hôpital. Une phrase de sainte Thérèse de Lisieux qui, depuis longtemps, me sert de devise :

« Je choisis tout. »

Villa Paradis, Toulon

DU MÊME AUTEUR

Aux Éditions Gallimard

LE VIEIL HOMME ET LA MORT, 1996 (Folio, n° 2972).

MORT D'UN BERGER, 2002 (Folio, n° 3978).

L'ABATTEUR, 2003 (« La Noire » ; Folio Policier, n° 410).

L'AMÉRICAIN, 2004 (Folio, n° 4343).

LE HUITIÈME PROPHÈTE ou Les aventures extraordinaires d'Amros le Celte, 2008 (Folio, n° 4985).

UN TRÈS GRAND AMOUR, 2010 (Folio, n° 5221).

DIEU, MA MÈRE ET MOI, 2012 (Folio n° 5624).

LA CUISINIÈRE D'HIMMLER, 2013.

Aux Éditions Grasset

L'AFFREUX, 1992. Grand Prix du roman de l'Académie française (Folio, n° 4753).

LA SOUILLE, 1995. Prix Interallié (Folio, n° 4682).

LE SIEUR DIEU, 1998 (Folio, n° 4527).

Aux Éditions du Seuil

FRANÇOIS MITTERRAND OU LA TENTATION DE L'HISTOIRE, 1997.

MONSIEUR ADRIEN, 1982.

JACQUES CHIRAC, 1987.

LE PRÉSIDENT, 1990.

LA FIN D'UNE ÉPOQUE, 1993 (Fayard-Seuil).

FRANÇOIS MITTERRAND, UNE VIE, 1996.

Aux Éditions Flammarion

LA TRAGÉDIE DU PRÉSIDENT, 2006.

L'IMMORTEL, 22 balles pour un seul homme, 2007. Grand Prix littéraire de Provence.

LE JOUR DE GLOIRE EST ARRIVÉ, avec Éric Jourdan, (« J'ai lu »), 2007.

LE LESSIVEUR, 2009.

DERNIERS CARNETS, SCÈNES DE LA VIE POLITIQUE EN 2012 (ET AVANT), 2012.

COLLECTION FOLIO

Dernières parutions

5291.	Jean-Michel Delacomptée	*Petit éloge des amoureux du silence*
5292.	Mathieu Terence	*Petit éloge de la joie*
5293.	Vincent Wackenheim	*Petit éloge de la première fois*
5294.	Richard Bausch	*Téléphone rose* et autres nouvelles
5295.	Collectif	*Ne nous fâchons pas ! Ou L'art de se disputer au théâtre*
5296.	Collectif	*Fiasco ! Des écrivains en scène*
5297.	Miguel de Unamuno	*Des yeux pour voir*
5298.	Jules Verne	*Une fantaisie du docteur Ox*
5299.	Robert Charles Wilson	*YFL-500*
5300.	Nelly Alard	*Le crieur de nuit*
5301.	Alan Bennett	*La mise à nu des époux Ransome*
5302.	Erri De Luca	*Acide, Arc-en-ciel*
5303.	Philippe Djian	*Incidences*
5304.	Annie Ernaux	*L'écriture comme un couteau*
5305.	Élisabeth Filhol	*La Centrale*
5306.	Tristan Garcia	*Mémoires de la Jungle*
5307.	Kazuo Ishiguro	*Nocturnes. Cinq nouvelles de musique au crépuscule*
5308.	Camille Laurens	*Romance nerveuse*
5309.	Michèle Lesbre	*Nina par hasard*
5310.	Claudio Magris	*Une autre mer*
5311.	Amos Oz	*Scènes de vie villageoise*
5312.	Louis-Bernard Robitaille	*Ces impossibles Français*
5313.	Collectif	*Dans les archives secrètes de la police*
5314.	Alexandre Dumas	*Gabriel Lambert*

5315.	Pierre Bergé	*Lettres à Yves*
5316.	Régis Debray	*Dégagements*
5317.	Hans Magnus Enzensberger	*Hammerstein ou l'intransigeance*
5318.	Éric Fottorino	*Questions à mon père*
5319.	Jérôme Garcin	*L'écuyer mirobolant*
5320.	Pascale Gautier	*Les vieilles*
5321.	Catherine Guillebaud	*Dernière caresse*
5322.	Adam Haslett	*L'intrusion*
5323.	Milan Kundera	*Une rencontre*
5324.	Salman Rushdie	*La honte*
5325.	Jean-Jacques Schuhl	*Entrée des fantômes*
5326.	Antonio Tabucchi	*Nocturne indien* (à paraître)
5327.	Patrick Modiano	*L'horizon*
5328.	Ann Radcliffe	*Les Mystères de la forêt*
5329.	Joann Sfar	*Le Petit Prince*
5330.	Rabaté	*Les petits ruisseaux*
5331.	Pénélope Bagieu	*Cadavre exquis*
5332.	Thomas Buergenthal	*L'enfant de la chance*
5333.	Kettly Mars	*Saisons sauvages*
5334.	Montesquieu	*Histoire véritable et autres fictions*
5335.	Chochana Boukhobza	*Le Troisième Jour*
5336.	Jean-Baptiste Del Amo	*Le sel*
5337.	Bernard du Boucheron	*Salaam la France*
5338.	F. Scott Fitzgerald	*Gatsby le magnifique*
5339.	Maylis de Kerangal	*Naissance d'un pont*
5340.	Nathalie Kuperman	*Nous étions des êtres vivants*
5341.	Herta Müller	*La bascule du souffle*
5342.	Salman Rushdie	*Luka et le Feu de la Vie*
5343.	Salman Rushdie	*Les versets sataniques*
5344.	Philippe Sollers	*Discours Parfait*
5345.	François Sureau	*Inigo*
5346	Antonio Tabucchi	*Une malle pleine de gens*
5347.	Honoré de Balzac	*Philosophie de la vie conjugale*
5348.	De Quincey	*Le bras de la vengeance*
5349.	Charles Dickens	*L'Embranchement de Mugby*

5350. Epictète	*De l'attitude à prendre envers les tyrans*
5351. Marcus Malte	*Mon frère est parti ce matin...*
5352. Vladimir Nabokov	*Natacha et autres nouvelles*
5353. Conan Doyle	*Un scandale en Bohême* suivi de *Silver Blaze. Deux aventures de Sherlock Holmes*
5354. Jean Rouaud	*Préhistoires*
5355. Mario Soldati	*Le père des orphelins*
5356. Oscar Wilde	*Maximes et autres textes*
5357. Hoffmann	*Contes nocturnes*
5358. Vassilis Alexakis	*Le premier mot*
5359. Ingrid Betancourt	*Même le silence a une fin*
5360. Robert Bobert	*On ne peut plus dormir tranquille quand on a une fois ouvert les yeux*
5361. Driss Chraïbi	*L'âne*
5362. Erri De Luca	*Le jour avant le bonheur*
5363. Erri De Luca	*Première heure*
5364. Philippe Forest	*Le siècle des nuages*
5365. Éric Fottorino	*Cœur d'Afrique*
5366. Kenzaburô Ôé	*Notes de Hiroshima*
5367. Per Petterson	*Maudit soit le fleuve du temps*
5368. Junichirô Tanizaki	*Histoire secrète du sire de Musashi*
5369. André Gide	*Journal. Une anthologie (1899-1949)*
5370. Collectif	*Journaux intimes. De Madame de Staël à Pierre Loti*
5371. Charlotte Brontë	*Jane Eyre*
5372. Héctor Abad	*L'oubli que nous serons*
5373. Didier Daeninckx	*Rue des Degrés*
5374. Hélène Grémillon	*Le confident*
5375. Erik Fosnes Hansen	*Cantique pour la fin du voyage*
5376. Fabienne Jacob	*Corps*
5377. Patrick Lapeyre	*La vie est brève et le désir sans fin*
5378. Alain Mabanckou	*Demain j'aurai vingt ans*

5379. Margueritte Duras François Mitterrand	*Le bureau de poste de la rue Dupin* et autres entretiens
5380. Kate O'Riordan	*Un autre amour*
5381. Jonathan Coe	*La vie très privée de Mr Sim*
5382. Scholastique Mukasonga	*La femme aux pieds nus*
5383. Voltaire	*Candide ou l'Optimisme. Illustré par Quentin Blake*
5384. Benoît Duteurtre	*Le retour du Général*
5385. Virginia Woolf	*Les Vagues*
5386. Nik Cohn	*Rituels tribaux du samedi soir et autres histoires américaines*
5387. Marc Dugain	*L'insomnie des étoiles*
5388. Jack Kerouac	*Sur la route. Le rouleau original*
5389. Jack Kerouac	*Visions de Gérard*
5390. Antonia Kerr	*Des fleurs pour Zoë*
5391. Nicolaï Lilin	*Urkas ! Itinéraire d'un parfait bandit sibérien*
5392. Joyce Carol Oates	*Zarbie les Yeux Verts*
5393. Raymond Queneau	*Exercices de style*
5394. Michel Quint	*Avec des mains cruelles*
5395. Philip Roth	*Indignation*
5396. Sempé-Goscinny	*Les surprises du Petit Nicolas. Histoires inédites-5*
5397. Michel Tournier	*Voyages et paysages*
5398. Dominique Zehrfuss	*Peau de caniche*
5399. Laurence Sterne	*La Vie et les Opinions de Tristram Shandy, Gentleman*
5400. André Malraux	*Écrits farfelus*
5401. Jacques Abeille	*Les jardins statuaires*
5402. Antoine Bello	*Enquête sur la disparition d'Émilie Brunet*
5403. Philippe Delerm	*Le trottoir au soleil*
5404. Olivier Marchal	*Rousseau, la comédie des masques*

5405. Paul Morand	*Londres* suivi de *Le nouveau Londres*
5406. Katherine Mosby	*Sanctuaires ardents*
5407. Marie Nimier	*Photo-Photo*
5408. Arto Paasilinna	*Le potager des malfaiteurs ayant échappé à la pendaison*
5409. Jean-Marie Rouart	*La guerre amoureuse*
5410. Paolo Rumiz	*Aux frontières de l'Europe*
5411. Colin Thubron	*En Sibérie*
5412. Alexis de Tocqueville	*Quinze jours dans le désert*
5413. Thomas More	*L'Utopie*
5414. Madame de Sévigné	*Lettres de l'année 1671*
5415. Franz Bartelt	*Une sainte fille et autres nouvelles*
5416. Mikhaïl Boulgakov	*Morphine*
5417. Guillermo Cabrera Infante	*Coupable d'avoir dansé le cha-cha-cha*
5418. Collectif	*Jouons avec les mots. Jeux littéraires*
5419. Guy de Maupassant	*Contes au fil de l'eau*
5420. Thomas Hardy	*Les Intrus de la Maison Haute* précédé d'un autre conte du Wessex
5421. Mohamed Kacimi	*La confession d'Abraham*
5422. Orhan Pamuk	*Mon père et autres textes*
5423. Jonathan Swift	*Modeste proposition et autres textes*
5424. Sylvain Tesson	*L'éternel retour*
5425. David Foenkinos	*Nos séparations*
5426. François Cavanna	*Lune de miel*
5427. Philippe Djian	*Lorsque Lou*
5428. Hans Fallada	*Le buveur*
5429. William Faulkner	*La ville*
5430. Alain Finkielkraut (sous la direction de)	*L'interminable écriture de l'Extermination*
5431. William Golding	*Sa majesté des mouches*

5432. Jean Hatzfeld — *Où en est la nuit*
5433. Gavino Ledda — *Padre Padrone. L'éducation d'un berger Sarde*
5434. Andrea Levy — *Une si longue histoire*
5435. Marco Mancassola — *La vie sexuelle des super-héros*
5436. Saskia Noort — *D'excellents voisins*
5437. Olivia Rosenthal — *Que font les rennes après Noël?*
5438. Patti Smith — *Just Kids*
5439. Arthur de Gobineau — *Nouvelles asiatiques*
5440. Pierric Bailly — *Michael Jackson*
5441. Raphaël Confiant — *La Jarre d'or*
5442. Jack Kerouac — *Visions de Cody*
5443. Philippe Le Guillou — *Fleurs de tempête*
5444. François Bégaudeau — *La blessure la vraie*
5445. Jérôme Garcin — *Olivier*
5446. Iegor Gran — *L'écologie en bas de chez moi*
5447. Patrick Mosconi — *Mélancolies*
5448. J.-B. Pontalis — *Un jour, le crime*
5449. Jean-Christophe Rufin — *Sept histoires qui reviennent de loin*
5450. Sempé-Goscinny — *Le Petit Nicolas s'amuse*
5451. David Vann — *Sukkwan Island*
5452. Ferdinand Von Schirach — *Crimes*
5453. Liu Xinwu — *Poussière et sueur*
5454. Ernest Hemingway — *Paris est une fête*
5455. Marc-Édouard Nabe — *Lucette*
5456. Italo Calvino — *Le sentier des nids d'araignées* (à paraître)
5457. Italo Calvino — *Le vicomte pourfendu*
5458. Italo Calvino — *Le baron perché*
5459. Italo Calvino — *Le chevalier inexistant*
5460. Italo Calvino — *Les villes invisibles* (à paraître)
5461. Italo Calvino — *Sous le soleil jaguar* (à paraître)
5462. Lewis Carroll — *Misch-Masch* et autres textes de jeunesse
5463. Collectif — *Un voyage érotique. Invitation à l'amour dans la littérature du monde entier*

5464. François de La Rochefoucauld — *Maximes* suivi de *Portrait de de La Rochefoucauld par lui-même*
5465. William Faulkner — *Coucher de soleil* et autres Croquis de La Nouvelle-Orléans
5466. Jack Kerouac — *Sur les origines d'une génération* suivi de *Le dernier mot*
5467. Liu Xinwu — *La Cendrillon du canal* suivi de *Poisson à face humaine*
5468. Patrick Pécherot — *Petit éloge des coins de rue*
5469. George Sand — *Le château de Pictordu*
5470. Montaigne — *Sur l'oisiveté* et autres Essais en français moderne
5471. Martin Winckler — *Petit éloge des séries télé*
5472. Rétif de La Bretonne — *La Dernière aventure d'un homme de quarante-cinq ans*
5473. Pierre Assouline — *Vies de Job*
5474. Antoine Audouard — *Le rendez-vous de Saigon*
5475. Tonino Benacquista — *Homo erectus*
5476. René Fregni — *La fiancée des corbeaux*
5477. Shilpi Somaya Gowda — *La fille secrète*
5478. Roger Grenier — *Le palais des livres*
5479. Angela Huth — *Souviens-toi de Hallows Farm*
5480. Ian McEwan — *Solaire*
5481. Orhan Pamuk — *Le musée de l'Innocence*
5482. Georges Perec — *Les mots croisés*
5483. Patrick Pécherot — *L'homme à la carabine. Esquisse*
5484. Fernando Pessoa — *L'affaire Vargas*
5485. Philippe Sollers — *Trésor d'Amour*
5487. Charles Dickens — *Contes de Noël*
5488. Christian Bobin — *Un assassin blanc comme neige*
5490. Philippe Djian — *Vengeances*
5491. Erri De Luca — *En haut à gauche*
5492. Nicolas Fargues — *Tu verras*
5493. Romain Gary — *Gros-Câlin*
5494. Jens Christian Grøndahl — *Quatre jours en mars*

5495.	Jack Kerouac	*Vanité de Duluoz. Une éducation aventureuse 1939-1946*
5496.	Atiq Rahimi	*Maudit soit Dostoïevski*
5497.	Jean Rouaud	*Comment gagner sa vie honnêtement. La vie poétique, I*
5498.	Michel Schneider	*Bleu passé*
5499.	Michel Schneider	*Comme une ombre*
5500.	Jorge Semprun	*L'évanouissement*
5501.	Virginia Woolf	*La Chambre de Jacob*
5502.	Tardi-Pennac	*La débauche*
5503.	Kris et Étienne Davodeau	*Un homme est mort*
5504.	Pierre Dragon et Frederik Peeters	*R G Intégrale*
5505.	Erri De Luca	*Le poids du papillon*
5506.	René Belleto	*Hors la loi*
5507.	Roberto Calasso	*K.*
5508.	Yannik Haenel	*Le sens du calme*
5509.	Wang Meng	*Contes et libelles*
5510.	Julian Barnes	*Pulsations*
5511.	François Bizot	*Le silence du bourreau*
5512.	John Cheever	*L'homme de ses rêves*
5513.	David Foenkinos	*Les souvenirs*
5514.	Philippe Forest	*Toute la nuit*
5515.	Éric Fottorino	*Le dos crawlé*
5516.	Hubert Haddad	*Opium Poppy*
5517.	Maurice Leblanc	*L'Aiguille creuse*
5518.	Mathieu Lindon	*Ce qu'aimer veut dire*
5519.	Mathieu Lindon	*En enfance*
5520.	Akira Mizubayashi	*Une langue venue d'ailleurs*
5521.	Jón Kalman Stefánsson	*La tristesse des anges*
5522.	Homère	*Iliade*
5523.	E.M. Cioran	*Pensées étranglées* précédé du *Mauvais démiurge*
5524.	Dôgen	*Corps et esprit. La Voie du zen*
5525.	Maître Eckhart	*L'amour est fort comme la mort* et autres textes

5526. Jacques Ellul	*«Je suis sincère avec moi-même»* et autres lieux communs
5527. Liu An	*Du monde des hommes. De l'art de vivre parmi ses semblables.*
5528. Sénèque	*De la providence* suivi de *Lettres à Lucilius (lettres 71 à 74)*
5529. Saâdi	*Le Jardin des Fruits. Histoires édifiantes et spirituelles*
5530. Tchouang-tseu	*Joie suprême* et autres textes
5531. Jacques de Voragine	*La Légende dorée. Vie et mort de saintes illustres*
5532. Grimm	*Hänsel et Gretel* et autres contes
5533. Gabriela Adameşteanu	*Une matinée perdue*
5534. Eleanor Catton	*La répétition*
5535. Laurence Cossé	*Les amandes amères*
5536. Mircea Eliade	*À l'ombre d'une fleur de lys...*
5537. Gérard Guégan	*Fontenoy ne reviendra plus*
5538. Alexis Jenni	*L'art français de la guerre*
5539. Michèle Lesbre	*Un lac immense et blanc*
5540. Manset	*Visage d'un dieu inca*
5541. Catherine Millot	O Solitude
5542. Amos Oz	*La troisième sphère*
5543. Jean Rolin	*Le ravissement de Britney Spears*
5544. Philip Roth	*Le rabaissement*
5545. Honoré de Balzac	*Illusions perdues*
5546. Guillaume Apollinaire	*Alcools*
5547. Tahar Ben Jelloun	*Jean Genet, menteur sublime*
5548. Roberto Bolaño	*Le Troisième Reich*
5549. Michaël Ferrier	*Fukushima. Récit d'un désastre*
5550. Gilles Leroy	*Dormir avec ceux qu'on aime*
5551. Annabel Lyon	*Le juste milieu*
5552. Carole Martinez	*Du domaine des Murmures*
5553. Éric Reinhardt	*Existence*
5554. Éric Reinhardt	*Le système Victoria*
5555. Boualem Sansal	*Rue Darwin*
5556. Anne Serre	*Les débutants*
5557. Romain Gary	*Les têtes de Stéphanie*